日本のつぶやき

万能川柳
秀句一〇〇〇

仲畑貴志・選

毎日新聞出版

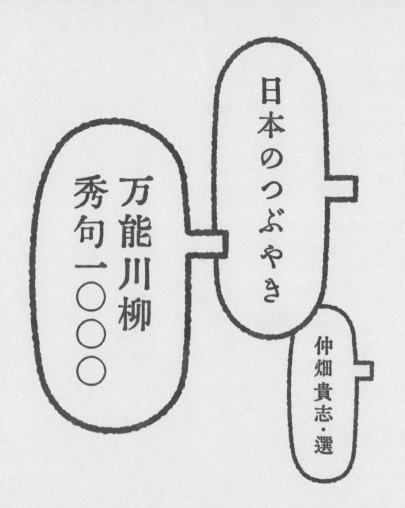

まえがき

1991年の11月に万能川柳は始まりました。ちょうど30年目の出版となったのが、この1冊です。始めたころは年間6万通ほどだった投句数が、この30年で約15万通まで増えました。現在、年間60万句もの中から厳選しているのは万能川柳だけです。量を誇るものではありませんが、底が広ければ、おのずとピークも高くなる。質量ともに日本一、ということは世界一と自負しています。

万能川柳の特徴は、ストライクゾーンが広いこと。正統派からバレ句まで、スマート句からアホ句まで、伝統墨守からコンテンポラリーまで、理性訴求から感情訴求まで……とまあ幅広く、心に届けば入選です。「生きるが勝ちだよ、だいじょうぶ。」という基本姿勢の下、あくまでもすこやかに生きるための道具としての川柳という態度。表現のために歯を食い縛ったり、目を三角にしたり、眉間に縦皺というのは万能川柳に似合いません。「アハハ」と、のどちんこを見せて笑っている状態を至上とします。

この1冊には、1040句が収録されています。ここ6年間に投句された約350万句から選ばれ、毎日新聞紙上に掲載された入選句約3万8000句からさらに絞りに絞った、秀作揃いです。どのページを繰っても、人のココロの動きが小気味よく活写されていて、なんと、人間の想いというのは、果てもなければ限りもなく、尽きないものなんだなあと知らされます。万能川柳では、入選句中の時事ネタ句は、書籍にするとき省きます。後々の読者には理解しにくいからです。しかし、今回は、コロナというどうしても無視できない問題が発生したことから、時事ネタを8句取り上げました。無事にコロナを乗り切った暁には、しみじみと読むことになるでしょう。

良き川柳には実感と共感があります。ぜひ、お試しいただきたいのは、この本をパラパラとめくって、気に入ったひとつの句を友達に指し示してみてください。きっと、「コレ、あるある」「あー、分かる分かる」が返ってきますよ。今回収録した残間里江子さんとの対談でも、ひとつの川柳を出発点として話題の連鎖と広がりはとどまるところがありませんでした。わたしは、ずいぶんアチコチの飲み屋に川柳本をプレゼントしています。お客さんとの話題が途切れ、場が地味な時、川柳の力を借りるといきなり盛り上がります。また、お見舞いには、もちろん万能川柳の一冊です。川柳の効能はいろいろありますが、会話が明るく弾むのがなによりですね。コピーを付けるとすれば、「心のサプリ」というのはどうでしょう。幸い、いつでも・どこでも・だれにも処方可能の上、副作用もありません。

選者　仲畑貴志

もくじ

日本のつぶやき

万能川柳秀句一〇〇〇

第1章　いろんな「私」を考える。

誰だコレ言って俺しかいないのに　明石　八重根隆

運命といって心を片づける　前橋　涙涙涙

句になりそくしゃみ出そうと似たかんじ　伊万里　赤絵の碗

夜遅くコップに入れ歯見てビビる　奈良　本田里乃

茶断ちして白湯にも味あると知る　八潮　カリンカ

迷ってるうちにカツラも無理となり　長崎　深海魚

下り坂なのに人生楽でない　行田　羽山育雄

ななつ星車窓の景色は変わらんバイ　北九州　繁爺

まったりと意味分からんが言うてみる　北九州　迷惑王

カネ入れる引き落とされる繰り返し　鎌ケ谷　ありの実

シマッタと入ったとたん思う店　富岡　錆び助

ぼくだけが新聞を読む電車内　東京　杉山竜

宅急便会うたび家に来る気する　札幌　我流川

老人会童謡歌うので行かぬ　北九州　むべの花

我が下着レンジをふいて務め終え　千葉　なまちゃん

ああこんな青空なのに俺は癌　調布　無名人

年だなあ朝ドラみててツンとくる　北海道　平ちゃん

自販機に「釣りはいいよ」と言ってみる　蕨　あげあし鳥

ときどきは心に貼りたい「こわれもの」　茅ケ崎　入り江わに

遅れてるほうの時計を信じたい　枚方　拓たろー

口紅を使い切るまで生きたいワ　熊本　肥後娘

買えぬ服だから着てみた試着室　広島　毎日珍文社

O《オー》と0《ゼロ》キーの配置が近過ぎる　米沢　ア北斎

ていねいな歯磨きのわけ明日歯医者　上尾　ふぁ茶

もう着ないちいさな制服抱いてみる　長崎　まーのん

巻寿しのはみ出す端が俺は好き　神戸　森川勧

格差より段差が気になる年となり　流山　みりん

青春の日記にあった×の意味　奈良　ヒゲパパ

一つしかいつも使わぬ多目的　広島　鼻毛のアン

賞味期限俺を見ながら言わないで　鶴岡　風車

イヤホンをしてたくわんを食べてみて　静岡　斉藤信子

落胆の心の穴にケーキ埋め　綾部　麦の香

夫留守包丁なしで三日間　東大阪　ふぶき

出来る事減って増えたな「ありがとう」　東京　恩田朔郎

ステージ1なんて明るいネーミング　浜松　風眠

時々はワーッと叫ぶ心中で　玉野　銭太鼓

あじさいて名前がなんかおいしそう　大分　忍忍者

矜持など持たず生きててスイマセン　三鷹　ガス橋

真夏には居留守使えぬ室外機　東京　区民

背もたれが有ると思って飲んでいた　熊本　からむかり

農業の失敗次は一年後　山口　英智郎

流れ作業見事だなあと火葬場　鎌倉　晏ちゃん

ちょっとイヤ背中で聞いた錠の音

津　夏に手袋

漁師だがネット関係と言っておく

東京　抜足差足

あの世でもサラリーマンになりそうな

倉敷　荒川久

この夜更け茶柱たってどないする

京田辺　甘なびん

この国に生まれただけでもうけもん

会津若松　遠藤剛

自営業ひとりブラックなんですよ

さいたま　あたこ

宝くじ当てて戻るぞ旧姓に

春日　まりんばぁ

靴裏に秋を落ち葉で持ち帰り　天理　よぽぽん

こうやっているうち死期が来るんだね　別府　湯煙美人

お歳暮に届けて欲しいあの暑さ　島田　寺田光夫

良いことも不幸もなくて除夜の鐘　西宮　寺田稔

デパ地下で試食名人言われだし　千葉　喜術師

無意識に息をするってすごいこと　宮崎　エルタン

良い方の占い信じ家を出る　益田　水津聖子

ウィッグが出来そなくらい毛が抜ける
長門　よーチャン

足腰の同意得てから立上がり
鎌倉　喜代ちゃん

人生は泣く日笑う日ごみ出す日
前橋　阿Q

オレの中俺の知らないダレかいる
笠岡　荒間草海

助平がばれやしないかボケた時
各務原　小西克明

雪の中なのにかまくらあったかい
秋田　えもん

退職でプライド捨てて元気出た
福岡　朝倉眞男

宝くじ並ぶ理屈がまだ解せぬ
東京　ちょいＱＫ

誰にでも合わせベージュのような日々
北九州　鈴音

やることが無く開けてみる冷蔵庫
四街道　よっしー

親になり読んだら深いドラえもん
和歌山　天然マリモ

痩せていた頃を知らない人が増え
四国中央　尾崎千里

オレ通過あとは黄となれ赤となれ
加古川　立花かおる

半年が終ってしまう何してた
長野　三枝二六

死ぬのイヤでも死なぬのはもっとイヤ　千葉　みっちん

買ったけど役に立つなよ非常食　古賀　一発屋輝

爪楊枝僕にはとても作れない　北九州　雀好きの菊

小心を血圧計に暴かれる　下関　音散歩

チンプンとカンプンの差が分らない　泉佐野　興好爺

ダイエット出来た元気が懐《なつ》かしい　川崎　しまちゃん

会社にもあったらいいな保健室　高槻　かうぞう

故なくも嬉しい全国的な晴れ　千葉　フミフミ

どこ行こう散歩してたら保護された　八王子　たまごたけ

百薬の長を信じて五十年　寝屋川　きよつぐ

パン焼ける湯が沸くレンジ鳴るひとり　丹波　タケチャン

料亭の味と言うけど知らんがな　西条　いよかん

軽く飲む枕詞も三軒目　吹田　千里の君

小躍りを最後にしたのはいつだった　札幌　成田一起夫

水増しをしても空しい釣り日記
光　ゆきはる

着たままの俺にかけるな消臭剤
野田　夢の市

三日間歯に居たフロス取れ爽快
東京　いつも歩

「さて9時か」用はないけど言ってみる
東京　空の巣

働けばカネがはいると思ってた
幸手　海苔鯛

健康機またいで通るのが運動
大阪　トシノ

始めたがやめ時判らないサプリ
大阪　ふーちゃん

電車内座りたい時帽子とる
清瀬　古城光

今ここで死んだらまずいと思う場所
さいたま　総天然色

朝がきたボーとしてたら夜がきた
福岡　ターミ

一人居の私が私に言うごはん
二本松　ねむの木

あと何回暑い寒いと言えるのは
高崎　多老冠者

つい原価考えて取るバイキング
岡山　巴里雀

永遠の未来があると信じてた
大阪　忠犬ポチ

次に買うマイカーたぶん車椅子
相模原　林ヒロシ

明日から言うてるうちに除夜の鐘
岡山　邪素民

料理にも入れると愛が足りないわ
北九州　お鶴

子は宝言えるあなたの幸福度
射水　江守正

老朽化言われるビルは同い年
東京　金柑

何かをすれば何かを忘れる
宇部　藤川波江

あんただれ入歯はずした自分です
東松山　正一位

誘われて白紙ばかりの手帳見る　池田　グラブトス

何げない日だまりにある懐かしさ　武蔵野　玲太郎

同じ日が1日もなく80才　久喜　高橋春雄

動く手で動かぬ方を介護する　八王子　剱清山

ボールペン使い切りたる満足感　金沢　加賀風鈴

初体験老化ってこういうことなのね　龍ケ崎　小梅

頼まれて買う宝くじ気が重い　勝浦　ナメロー

あの世への体験ツアーないかしら　鹿嶋　カレン

個人差で私はなぜか効かぬほう　川口　みのり

ラブホテル言われるほどの愛はない　和歌山　古典派

家計簿が介護日記になってゆく　和歌山　和恋路

戦争になるのかしらとお茶を飲む　川崎　メタボン

生ゴミが最初に減った生活苦　横浜　横浜太郎

手で書いて足でポストへ行ける幸　越谷　どじょう

星祭り地球の孤独ふと思う

取手　崩彦

イントロで戻るあの頃17才

西宮　大谷久美子

生きている生かされている俺どっち

杵築　口先介入

雑所得?オレの年金そうなんだ

佐倉　佐倉総合

落語すき韓国人はへんですか

韓国　キムユジン

窓口の老眼鏡をかけ帰宅

福岡　星裕子

やむを得ん同意しないと進めない

春日　サエリス

ダイエット何度も成功した私
和歌山　松原まつこ

若づくりむなしく席を有難う
大阪狭山　橋本ヒロミ

成長と退化のはざま43
船橋　植田たぬき

いっぱいの言葉のかわり手を握る
館山　檜

理由《わけ》もなく防犯カメラ少し避け
福岡　キミスケ

電卓は入社時月収今百均
横浜　イックン

オムツして伝い歩きも二度目です
水戸　むっちゃん

朝寝坊夜に元気のあった頃
田川　下降の天使

遠ざかる悪口待って出るトイレ
横浜　夢野万柳

ふる里につながってると見てる空
丹波　田川弘子

ドングリを見ると拾ってしまう質《たち》
千葉　モモンガ

天国も地獄も心《ここ》にあるんだよ
京都　あっこ

街へ出て今日の稼ぎはティッシュ2個
東京　バッカス

くつ下を穿くためにするストレッチ
小松　吉田由貴

金木犀散歩コースを少し変え
福岡　梅ちゃん

宇宙行く時代除雪に苦労する
静岡　通草

暇だけど掃除は一昨日したしなあ
姫路　深志野

知っているようで知らない蟻の顔
大阪　こいさん

迷ったら大勢がゆく道選ぶ
泉佐野　裸の大将

熱燗にあつッと言っては酒を足す
鶴岡　左文字

そのうちにクシャミをしても税とられ
西脇　八重子の子

国の為人を殺さず逝けそうだ　駒ヶ根　早次郎

何でだろう横と後はハゲないの　北九州　浦本英二

「実はこれ私やねん」に憧れる　吹田　姫りんご

困ったなきちんとしまえば忘れちゃう　京都　語句楽才女

ドロドロとした昼ドラも見たいわぁ　北九州　嫌代さん

ダイヤより高かったのよインプラント　秦野　光ターン

家計簿を書くのやめたらウツ治り　枚方　リリカ

放題に魅力を感じぬトシになり　東京　カズーリ

オーイヤーだけ聞き取れたイングリッシュ　尼崎　にしやん

目をつむり考えるうち熟睡し　北九州　ひよこ

今日あれもこれも触った手で握手　北九州　智鈴

明日こそ何か始める今日はいい　小諸　スミレ

点滴を数えてみたら二萬滴　柳川　昼の月

だんだんと歩数が増えて距離が減る　神戸　芋粥

戦争で死なないようにデモに行く

北九州　紺菜紋茶

日給がカブトムシより安いとは

諫早　進仁梅

ドロップ缶振れば小さな俺がいる

兵庫　昔のジョー

還暦を想像出来ん二十代

奈良　まりぽん

尿《イバリ》する隣三人代わるまで

南島原　孫命

ペディキュアが先っちょだけになって秋

あま　毛内ミツ子

小銭なくハンパないって言ってみる

尼崎　ブッコロリ

病院じゃないとこたまに行きたいな
富津　桃&杏

大小がただ出るだけの幸もある
福岡　いけかずお

無理ですよ心を入れ替えてなどと
牛久　ひとちゃん

年収は有馬記念の結果待ち
福岡　小把瑠都

退職後月曜日ってなんか好き
東大阪　西田加代子

一冊で遠くへ行ける文庫本
東京　緑カレー

歯並びをほめられいつも笑ってる
大阪狭山　細梅百加

「発送をもって」疑う悪いクセ
鶴岡　本間成美

「ちょっといい？」だいぶ悪いと答えたい
福岡　はむこ

立つ座る自分でできるありがたさ
北名古屋　んみゃーち

影だけで私とわかるシルエット
所沢　福奈美

散歩する剪定したいよその庭
岡山　みもざ

戦争をしない私の国が好き
鶴ヶ島　ゆえこ

一人では食べない様にしてる餅
磐田　上山

極楽と言うけど風呂に入るだけ
東京　とみえ波浪

たのしみは秋の仕掛けのチューリップ
千葉　ペンギン

もどるならいくつの自分がいいですか
神戸　悠子

こんなのが今まで腸にあったのね
東京　長沼純一郎

私だけ風邪うつらないひきこもり
神奈川　やせ力士

何万歩歩いただろう70年
栃木　とちじーじ

夢の中トイレ掃除はなんでだろ
本庄　支持拾六

英会話汚い言葉すぐ覚え　佐賀　吉川ヒデ子

譲られて妊婦の振りする7分間　湖南　いちご一円

恥ずかしく「オッケーグーグル」言えません　和泉　コムスメ母

楽しめばみんな遊びになるのにな　桜川　今賀俊

私だけ別れ惜しんでいたわけだ　仙台　正道裕子

まず笑顔私にできるボランティア　新居浜　てんびん座

新幹線一つ乗り過ごした不覚　入間　角貝久雄

半分こ言いたいけれどひとり者　霧島　久野茂樹

時間給あと8分でミルク代　北九州　歌姫

XL股下Sが見当たらん　富田林　笹原秀計

ねるおきるまたねるおきるねるおきる　箕面　ツトム

スマホでき人に聞くことしなくなり　下松　ルパンの娘

死ぬ前に消さぬと困るお気に入り　府中　篤迷

もう捨てる靴が一番履きやすい　和光　soji

明日が来るそれとも明日へ行くのかな　奈良　若草山

訳ありの品買ってきて訳さがす　東京　三吉野桜

アラいやだ眼鏡かけると眉描けぬ　三好　誤美人草

流行語個人的には「ドッコイショ」　相模原　アンリ

マスクして己の呼吸聞いている　常陸太田　舘健一郎

万能川柳と日本の30年①

1991年（平成3年）

1月　湾岸戦争勃発
1月　東京23区の電話番号が10桁に（03の後に3がつく）
2月　新幹線300系試作車が最高時速325・7キロを記録
4月　東京都庁が丸の内から新宿に移転
5月　大相撲・若貴フィーバーの中、横綱千代の富士引退
5月　ディスコ「ジュリアナ東京」オープン
6月　長崎県の雲仙普賢岳で火砕流。死者・行方不明者43人
8月　World Wide Web（WWW）プロジェクトの概要を発表。インターネット時代へ
8月　東京で第3回世界陸上競技選手権が開幕
9月　SMAPが「Can't Stop!! -LOVING-」でCDデビュー
11月　万能川柳スタート
11月　宮沢喜一内閣発足
12月　ソビエト連邦消滅

1992年（平成4年）

2月　アルベールビル冬季五輪。伊藤みどり銀、フィギュアで日本初
3月　東海道新幹線「のぞみ」運行開始
3月　長崎県佐世保市にハウステンボ

「ジュリアナで踊っていたのは今の50代の人たちよね。この間テレビで観たら、今はただのオバサンになった人の家のタンスに、あのボディコンの衣装と扇子がしまってあったわよ」（残間里江子）

スが開業
4月 歌手の尾崎豊さん死去
4月 米国でロス暴動、死者54人
5月 「サザエさん」の漫画家、長谷川町子さん死去
7月 バルセロナ五輪。水泳・岩崎恭子が金、マラソン・有森裕子が銀
9月 公立学校で月1回の週5日制開始
9月 毛利衛さんがスペースシャトル搭乗
10月 東京佐川急便事件で金丸信氏が議員辞職
10月 天皇陛下、初の中国訪問
11月 米大統領選でクリントン氏勝利
11月 貴花田・宮沢りえさんが婚約発表

1993年（平成5年）

1月 大相撲・曙が初の外国人横綱に
3月 新幹線「のぞみ」が山陽新幹線で運行開始
3月 福岡ドーム完成。日本で2番目のドーム球場
5月 日本プロサッカー「Jリーグ」開幕
6月 皇太子徳仁親王ご成婚
7月 北海道・奥尻島地震。死者・行方不明者231人
7月 横浜ランドマークタワー開業
8月 レインボーブリッジ（東京港連絡橋）開通
8月 非自民連立・細川護熙内閣発足 55年体制終焉
9月 冷夏でコメが大凶作（平成のコ

「私、皇太子殿下、つまり今の天皇陛下の結婚式に列席したの。司会者もいなくて雅楽とともにスーッと皇族方が入ってきて、みんなで会席料理をいただくの。一人、配膳係に茶髪の男の子がいて、お汁をこぼしたのを見て、緊張が解けた記憶がある」（残間）

メ騒動)
10月　サッカーW杯、本選初出場を逃す(ドーハの悲劇)
12月　万能川柳クラブ会報(現ファンブック)創刊
12月　法隆寺、姫路城、屋久島、白神山地が日本初の世界遺産登録

【1993年の万能川柳】
第1回年間賞(投句数、23万4000句)

大賞
口喧嘩しながら妻の背中掻く
福井県　上坂末男

準大賞
今夜また俺を悩ます悪い俺
土浦市　塚田稔

特別賞
寝たきりの妻が見たがる台所
三原市　石原栄

1994年(平成6年)
1月　郵便料金値上げ(はがき41円↓50円)
2月　リレハンメル冬季五輪
6月　松本サリン事件。後にオウム真理教の仕業と判明
6月　自社さ連立・村山富市内閣発足
7月　北朝鮮の金日成主席死去。後継は金正日氏
7月　女性宇宙飛行士・向井千秋さん宇宙へ

「宇宙は興味ないなあ。どうしてみんな行きたがるんだろ?」(残間)
「俺もイヤ。あんな狭いとこ」(仲畑)

8月　初の気象予報士国家試験
9月　関西国際空港開港
10月　大江健三郎氏にノーベル文学賞
11月　ナリタブライアンが菊花賞に勝ち三冠馬へ
11月　大相撲・貴乃花が横綱昇進
12月　ボクシング・薬師寺保栄と辰吉丈一郎、日本人同士初のWBC世界バンタム級王座統一決定戦

【1994年の万能川柳】

第2回年間賞（投句数、23万7000句）

大賞
ふるさとへ帰ってきたなと水を飲む
神奈川県　荒川淳

準大賞
カレンダーめくるたんびにうなる父
川崎市　高山昭彦

特別賞
いちばんの変装になるノーメイク
志木市　杉山竜

特別賞
子の記憶優先させる帰り道
京都市　平井伍一

特別賞
下りた娘にちょっと蹴られた体重計
新宮市　浅利清吾

1995年（平成7年）

1月　阪神淡路大震災。死者6434人
3月　地下鉄サリン事件
3月　警察庁長官狙撃事件
4月　青島幸男氏が東京都知事、横山ノック氏が大阪府知事に
5月　野茂英雄投手、大リーグデビュー
5月　オウム真理教教組・麻原彰晃（松本智津夫）被告逮捕
7月　PHSサービス開始
7月　九州自動車道全線開通。青森―鹿児島間が高速道路で結ばれる
9月　プロ野球・オリックスがリーグ初優勝
11月　ゆりかもめ（東京臨海新交通臨海線）開業
11月　ウィンドウズ95、日本で発売
12月　高速増殖原型炉「もんじゅ」でナトリウム漏洩事故

【1995年の万能川柳】

第3回年間賞（投句数、26万7000句）

大賞

よく言ったそれをお前がやってくれ

岩沼市　升田良之助

準大賞

でも猿は核兵器など作らない

藤沢市　島崎数広

特別賞
焼失の家のカギ未だ捨てきれず
加古川市　大前シヅ子

特別賞
半分こ上手に割れて姉迷い
東京都　今井かつき

特別賞
その良さをあなた自身が知らぬ良さ
北九州市　平山猛

1996年（平成8年）

1月　芸術家の岡本太郎さん死去
2月　薬害エイズ問題、菅直人厚相指示で隠蔽資料発見
2月　将棋・羽生善治名人が王将戦も制し史上初の七冠
4月　東京ビッグサイト（東京国際展示場）オープン。江東区有明
4月　「Yahoo! JAPAN」がサービス開始
6月　O157食中毒拡大、死者12人
6月　住専処理法成立、6850億円公金投入
7月　アトランタ五輪。マラソン・有森裕子が銅
7月　海の日施行
9月　漫画家の藤子・F・不二雄さん死去
12月　在ペルー日本大使公邸人質事件。解決まで4カ月

【1996年の万能川柳】

第4回年間賞（投句数、31万3000句）

大賞

犯人の名前に親の夢を見る

山口市　福田ひろ子

準大賞

物事を知らないだけの明るい目

神戸市　富永洋子

特別賞

ライバルはいないよみんな出世して

栃木県　河又則雄

特別賞

誰にでもできるが誰もやらぬこと

茨木市　中川朋子

特別賞

不老不死こんなものかと見る造花

久喜市　宮本佳則

1997年（平成9年）

3月　ナゴヤドーム完成

4月　フジテレビがお台場の新社屋に移転

4月　消費税増税（3％から5％に）

6月　神戸連続児童殺傷事件で14歳少年逮捕

8月　ダイアナ元英皇太子妃が死去

10月　臓器移植法施行。「脳死」を人の死に

「ダイアナ妃にはあまり関心はなかったけれど、王室とか皇室の結婚って大変だよね」（残間）

11月　サッカー日本代表、初のW杯出場決定（ジョホールバルの歓喜）
11月　三洋証券、北海道拓殖銀行、山一証券が経営破綻
11月　土井隆雄さん、日本人初の宇宙遊泳
12月　トヨタ、世界初の量産ハイブリッド車「プリウス」発売
12月　映画「タイタニック」公開。興行収入世界記録を更新

【1997年の万能川柳】

第5回年間賞（投句数、33万7000句）

大賞
我が家の灯しばらく外で眺めてる
相生市　ブー風ウー

準大賞
幸せは比べぬことと大言い
大阪市　大川道子

特別賞
変だなあヘンに見えなくなってきた
久喜市　宮本佳則

特別賞
今ワシは何党かねと秘書に聞き
京都市　河原落書

特別賞
向こうから俺が走って来るんだよ
堺市　佐藤良水

1998年（平成10年）

2月　郵便番号7ケタ化開始
2月　長野冬季五輪。日本のメダルは史上最多10個
4月　大蔵省・日銀、接待汚職事件で大量処分
4月　明石海峡大橋開通で神戸淡路鳴門自動車道が全線開通
6月　サッカーW杯フランス大会。初出場の日本は3戦全敗
7月　参院選で自民惨敗。小渕恵三政権で自自連立へ
7月　和歌山毒物カレー事件
9月　映画監督の黒澤明さん死去
10月　プロ野球・横浜、38年ぶり日本一
10月　世界的な金融危機の中、金融再生法施行
10月　日本長期信用銀行破綻
12月　日本債券信用銀行破綻

【1998年の万能川柳】
第6回年間賞（投句数、34万7000句）

大賞
細々と暮らしてるのに太るのよ
埼玉県　大山ネネ

準大賞
政治家を尊敬できたらいいだろな
島田市　寺田光夫

特別賞
マイペースゆっくりだとは限らない
東京都　後藤育弘

特別賞
歩行者にガードレールの裏を見せ
守口市　茶ップリン

特別賞
大人ってもっと大人と思ってた
広島市　李川龍

1999年（平成11年）

1月　携帯電話・PHSの電話番号11桁化
1月　地域振興券（子どものいる家庭などに2万円分）交付開始
3月　日産・ルノー提携でカルロス・ゴーン氏が日産トップに
4月　石原慎太郎氏が東京都知事に
6月　ソニーが犬型ロボット「AIBO」発売
8月　日本興業・第一勧業・富士の大手3行が統合発表
9月　JCO東海事業所で国内初の臨界事故。死者1人
10月　東海・あさひ銀、住友・さくら銀がそれぞれ統合、合併発表
10月　小渕首相のもとで「自自公」連立に
10月　プロ野球・ダイエーがリーグ優勝、初の日本一
10月　上信越自動車道が全線開通
12月　世界各地でミレニアム（千年

紀）のカウントダウン

【1999年の万能川柳】

第7回年間賞（投句数、40万句）

大賞
孫うたう祖母うたいだす母うたう
横浜市　水原節子

準大賞
仏像を見に来た人と祈る人
堺市　佐藤良水

特別賞
親の愛だけじゃ足りない程育ち
秩父市　茂木一夫

特別賞
水平線こんな小さなグラスにも
室蘭市　山上秋恵

特別賞
カラ財布合併してもカラ財布
岡山県　永広鴨平

2000年（平成12年）

1月　ハッピーマンデー制度が成人の日に初適用

3月　北海道・有珠山噴火

4月　小渕首相、脳梗塞で緊急入院、森喜朗内閣発足

5月　ストーカー規制法成立。前年の「桶川ストーカー殺人事件」受け

7月　九州・沖縄サミット。それを機
　　に二千円札発行
8月　新五百円硬貨発行
9月　三宅島・雄山の噴火により全島
　　避難
9月　シドニー五輪。マラソン・高橋
　　尚子が金メダル
10月　白川英樹氏にノーベル化学賞
11月　イチロー、野手として日本人初
　　の大リーガーに
12月　BSデジタル放送開始

【2000年の万能川柳】

第8回年間賞（投句数、42万句）

大賞
妹はたんぽぽ兄は荷物持ち
徳山市　幸吉悠真士

準大賞
哀れなり上手に薬のむ幼児
相模原市　水野タケシ

特別賞
この人に票入れたのか被告席
和歌山県　伊藤幸子

特別賞
渾名しか知らない人にする電話
東京都　野原咲子

特別賞
友だちの児を抱く私見てる父
横浜市　水原節子

第2章　いろんな「家族」を考える。

初詣妻には言えぬ願いごと　福生　朝ね坊

寝たきりの母に紅さすお正月　下関　良ちゃん

次の月まで覗くヌードカレンダー　牛久　鈴木浩

仔犬飼い家族みんなに灯がともる　朝来　烏龍亭茶々

バアちゃんは下書きしてからメール打つ　大阪　道本秋雄

鉄アレイ今ではドアのストッパー　名張　えっこ

節分の豆ピーナツにしてと孫　河内長野　原静子

じいちゃんはおしごとなくてもきにしない　枚方　ゆい4才

犬の奴いい顔をして歳を取り　成田　福の市丸

振り出しに戻るを祖母はうれしがり　川崎　捨石こすみ

勝つよりもケガのないよう祈る母　越谷　小藤正明

台所武器の宝庫でケンカ止め　太田　柚流

無線だと祖父が言ってるのはスマホ　厚木　いいやん

娘の下宿枕が一つ増えている　芦屋　みの吉

子の名前親御の欲がてんこ盛り
取手　どうだ

お父さん長生きしてね孫あずけ
神奈川　彦ざえもん

子の離婚突然ドラマふって来た
横浜　北の政所

日常を連れているよな夫婦旅
高槻　かずやん

怒るよりうす気味悪い妻の笑み
相模原　蟻が鯛

関白と思ってるのは夫だけ
伊賀　頓馬天狗妻

寝言でも言っていい事悪い事
泉大津　ネコスキ

嫁が来て息子他人になっていく　鳥栖　大きな声

あの過去はすんだ夫とすまぬ妻　豊中　高木喬

子供より確実に来るツバメ達　神戸　ほぴぴ

唯一の父の海外ラバウル島　浜松　うっくるん

時代劇好きな五歳児銭と言い　奈良　うさぎとび

痛いとこ夫婦合わせりゃほぼ全身　岩国　勘違い王

花抜いて芋植える日が来ぬように　安曇野　恋すてふ

自分より娘の歳に驚かされ　箕面　もみじ

ニコニコと濡れぎぬを着る母がいる　堺　志山克風

母親が姉ちゃんになる里帰り　大和郡山　手まり

フルーツの香りのオヤジになるシャンプー　東大阪　隅っ子

後継者居らず死ぬまで続く家事　福岡　村上慶子

年金の話は出ないサザエさん　袖ケ浦　石井理江

癖のある子と戸はちょっと持ち上げて　交野　いや美

年末に書初めやると孫が言う　光　昭さん

孫の靴軍靴に変わる夢を見た　宮津　あそび猫

孫の名を退けられて猫につけ　流山　本木晴美

残酷な仕返し童話《ばなし》子が泣いた　東京　山田和夫

新品のタオルで床を拭ける嫁　取手　はにわゆう

ダイエット来世に懸けると妻は言う　刈谷　早秀光輝

子がくれたシャツを着て子に会いに行く　福岡　坂梨和江

親の身になれっこないと子の正論

本庄　島田正美

玄関にもう並ばない母の靴

筑紫野　よたろう

旅からの夫の電話ネコ元気？

枚方　空ちゃん

ばあちゃんが育てた孫はお茶が好き

宮崎　十河三和子

カミさんに立って用たし叱られる

岩国　ボヌール夫

ぐい呑みは今は半熟玉子置き

東京　ずうちゃん

靴底の同じところが減る親子

今治　土岐佳子

六十路親にも娘《こ》にも叱咤され　飯田　遠山千栄子

気はみじかいが電話はながい　北九州　中岡唱文

給料も年金もまた妻経由　大阪　悠々

体重計乗ってこないで背後霊　福岡　千鳥由貴

オレ建てたホームだけれどアウエイだ　さいたま　全力中年

元《もと》彼《か》女《の》とデートと言うが今の妻　横浜　晴時々曇

薬代だんだん食費に近くなる　川口　ジンベイ

家の中落としたお金戻らない
貝塚　土生肇

好きな子の名も言う孫の糸でんわ
福岡　吉田はる美

この先に何が待ってる子の寝顔
坂戸　グランパ

孫が言うお婆ちゃんちのお爺ちゃん
神戸　松ゲン

隠してたAVの位置変わってる
さいたま　でれっき

犬が逝き親の時より涙する
東京　ベルママ

肥えてると安心してる里の母
東京　倉さん

親子して老人会に呼ばれてる　大阪　大山登美男

お代りが無いとわかって皆無口　長浜　月ヶ瀬和子

孫二才まだ天使だしまだ天才　郡山　月あかり

「アマゾンからお荷物です」に母びびり　鹿沼　かのっち

俺残し逝くなというならはよ逝って　福岡　明日咲く

消費期限五感で決める戦中派　大阪　寺井玲子

父の日とここに書いたのパパですね　坂戸　コーちゃん

いとさみしお金とともに孫去りぬ　北九州　野の草

月末は豆腐とおからの親子丼　小郡　久良吉

妻小言増えた対面型キッチン　北九州　はな

おふくろよハンカチ持ったはもう聞くな　東京　浜長

子の名前親の最初の贈り物　宗像　木本文子

辛きこと母には砂糖掛け話す　出水　山太郎ガネ

大変と駆け込む孫の手に100点　北九州　よんよん

スダチ来てさんま大根買いに行く　海老名　水無月

怖いもののあとはゴキブリだけの妻　泉佐野　さっぱり

うらやまし羊二匹で寝れる夫《ひと》　西宮　紅一点

スポーツ紙Hな所妻気にし　門真　毎熊敏弘

「美容院行ったよ」「休みだったのか？」　羽村　夢遊人

敬老の案内来たよ息子にも　茨木　田平力

じいちゃんは器用だが何故金がない　糸島　宮崎善輝

ゆっくりでいいよと祖母はいつも言う　姫路　ダイキン前

へそくりがハラハラしてる大掃除　山形　ちゅら海

電話出て「誰かいないの？」娘に訊かれ　札幌　ろまん

かくれんぼ呼ばれてハーイと出て来る子　高砂　コータン

麻酔醒めうっかり妻の手を握る　酒田　マロ

外で会うタマは用事があるようす　いわき　はるなボー

義理人情段差に弱い齢になり　福島　式野美子

夜なべする母はいつ寝ていたんだろう　枚方　登美子

娘来てあれもこれもと持ってゆく　新庄　主電動機

スポンジの替え時にみる暮らしぶり　川崎　文鳥

「あざーす」って言うが何かと祖母が訊く　吹田　加藤収

外人を見ると寄る母避ける父　久喜　青毛のアン

孫可愛い人間だけの特性か　四日市　ふくちゃん

爺ちゃんは最期を離陸と言っている　神戸　酒みちる

かみさんとルームシェアして暮らしてる
ふじみ野　福岡河岸

門限を決めたら娘朝帰る
松戸　天晴れ

姉パンツ母スラックス祖母ズボン
北九州　ちゃちゃ丸

月給日家中待ってた昭和の夜
さいたま　サブラウ

オムツして孫はハイハイ爺ハイカイ
川崎　た〜じぃ〜

どんぶらこ2つ目がきて悩むばぁ
熊谷　一Q楼

俺がした家事に時給をつけてみる
松山　僧法度

戦争がなければ父がいた私
日向　ヤッチャン

えくぼだと妻が言い張る笑いじわ
みやま　長なす

平凡な日々だが妻はよく笑う
高槻　風頼坊

食卓にタッパー増えて皿が消え
栃木　撫朝宝

指二本握ってくれた小さい手
奈良　西富桜花

色つきのクリップとっておき逝った
新潟　野良松

すれちがい振りむいちゃって45年
船橋　杉原あゆみ

孫がやるつかまり立ちを俺もやる
相模原　ＫＥＮさん

兄ちゃんが姉ちゃんになり里帰り
羽生　小谷野明広

回覧板ミサイル注意と書かれても
八王子　うたた寝娘

付いて来る紋白蝶は母だろう
西東京　杉本とらを

盆休み帰ってくるのは仏だけ
福岡　電波老人

「出掛けるぞ」「待ってよ顔が出来てない」
川西　クマ吉

全部押しバス停全部とめた孫
枚方　けれど空

もう薬飲まんでいいねと逝った母

誕生日わからぬ老母《はは》とケーキ食べ

テレビ消し隣りの夫婦喧嘩聞く

ちゃぶ台を返ししたいけど片付けが

留守電に残る亡父の照れた声

トランクスブラジャー守る物干し場

はぐれたら頭で捜すお父さん

大阪　佐伯弘史

草加　パリポリ君

熊谷　大熊義和

防府　ぽんぽん山

富士見　不美子

座間　ぼうちゃん

西宮　ふーちゃやま

夜中だと震度1まで分かる家
東京　オ・ジャキ

残されたトミカで遊ぶ爺と婆
大分　赤峰ユキ

ポチが逝く相棒なしの散歩道
松戸　楽多朗

朝食に一品増える息子来て
館林　すーちゃん

夫逝き騙されていたことを知り
四街道　お一人さま

こちょれーとチョコレートっていつ言える？
奈良　上田富代

三連休九回めしを作るのみ
米沢　佐藤陽子

オムツ替え私のオムツ替えた人　柏原　柏原のミミ

ヘルパーを立派に育て母が逝く　山口　虹色保留

美人の湯やめて長寿の湯へ通ふ　津　ちょちょ

むかしはねにさいだったと三歳児　高松　麺食い

我が家ではコーヒー豆はすり鉢で　神戸　吹子兵衛

広いのに母のまわりでみな遊ぶ　札幌　白野わんこ

八十年無免許運転火の車　春日部　シラウ

天国を見て死にたいと妻が言う　明石　田中雅彦

混浴へ妻が行くのでぼくは止め　寝屋川　小川貞雄

孫が来てチャンバラやるとジジは死ぬ　北九州　紺堂砂男

一歳児絵本逆さま楽しそう　壱岐　中永郁子

女房がクビレ言ってるゴムの線　ふじみ野　ハナサカス

かあさまはおおきなおならなさいます　有田　角本晴夫

こんにちは笑顔の孫にご用心　笛吹　ももっちい

ワレワレハ宇宙人ダと孫が来た　摂津　まー坊

ため息はやめてと妻は大あくび　東京　白井昭子

ジジとババやたら多いがニュータウン　豊田　阿呆挪念

母は目でゆくりしてけと頼みおり　長崎　なかはら

整形をして産んだ子は前の顔　藤沢　毎日ひとり

夫とねあんなことしたうそみたい　奈良　ねむりびめ

ちょっと抱くものが欲しくて猫を飼う　東京　桜の寺さん

歯ブラシを歯間ブラシで掃除する　大津　晴嵐太郎丸

帰宅して水飲む前に水をやる　一宮　雷神

じいじがんなおれと園の短冊に　大分　春野小川

金婚さんいらっしゃいならまだ出れる　北杜　爽抜天

廃屋も子らが走った昔あり　北九州　半腐亭

玄関に忘れて久し孫の靴　海南　ひらり

「オーイオチャ」妻の返事は「モッテキテー」　筑紫野　万葉歌人

思春期に負けぬイラだち更年期
高槻　猫灰色

指貫をはめて母の手偲ぶ秋
宝塚　みち

妻の手を握ってしまうほど揺れた
高槻　まいのり。

祖父ですか？どちらも通る祖母の顔
市原　片原一豊

冷蔵庫亡母《はは》の梅干し捨てきれず
横浜　ムーミン

ひもじさを知らぬ子がするダイエット
USA　ケイ大竹

イケメンの旅の人よりうちの禿
静岡　青柳茂夫

孫に言う寿司は回ると美味くなる　秦野　てっちゃん

孫の言うおーいおた(茶)が可愛くて　朝霞　志摩幸子

フラダンス踊る女房遠く見る　竹田　荒城の月

「パパ遊ぼ」二度とない時期とは知らず　愛知　舞蹴釈尊

やさしいね孫から手紙ルビが付き　下関　うり坊

帰郷した娘母より犬が先　滋賀　髪切櫛毛子

結婚後酔っちゃったとは言わぬ妻　神奈川　荒川淳

兄の辞書恥毛に赤線引いてある

生駒　鯛が明日

禁煙中家族怪しむ長トイレ

摂津　由紀枝

我が家では便座は尻で暖める

成田　区内

停年後夫の音が耳につく

静岡　渡辺恵子

咳をしてしばらくママを独り占め

西海　うかい

葬儀の日兄弟いると判明し

交野　村山敦子

行って来まーすちょっと出かけるように嫁《ゆ》き

小田原　各駅停車

バアちゃんと昔話もする5才　熊本　ピロリ金太

医科大は親の財力テストする　紀の川　高尾伸也

夫婦して名前出ないが分かり合え　富津　あかちゃん

夫病んで未亡人ネタ自粛する　千葉　斉藤まち子

姉が来て妹になるうちの妻　大野城　そうそう

先逝った方が勝ちかな老いふたり　小千谷　すゞ奴

載らないと泣き出すんですうちの夫《ひと》　さいたま　影無

語尾下げて「おかえり」の妻時計見る　春日　林田久子

来なくてもいいよと言って待つ私　大阪　清漣

庭の松バナナに変わる日が来そう　尾道　瀬戸の花嫁

菓子三つ家族は四人父は留守　川口　かよちゃん

母であり娘でもある幸せよ　倉敷　たかぽん

住む人の居ない家にもビワたわわ　摂津　まっ鈍な

孫と見るきわどいCMつらいです　北九州　宵待

新聞をきっちり畳む俺が嫌　沼津　眞ちゃん

8時半ラストオーダーですと妻　神奈川　カトンボ

確認に戻って鍵を締め忘れ　大阪　吉田昌之

じてんちゃをチャリと呼ぶまで育った子　高槻　ぎくぅ

菓子食べる口が言ってるやせないわ　山口　辛口狸

嫁いだ娘指先荒れて母となり　藤枝　萩原里美

今日は何処ラグビー球の様な妻　熊本　肥後朝顔

ウチの子が外で澄まして歩いてた　福山　サラゆみこ

会社から愛されてたという冗談《ジョーク》　筑後　五味烏賊

わが家ではハガキは手書き風呂は薪　下関　則夫

聞く耳を持たぬ女房の地獄耳　美濃　素寒貧

フリチンの子が横切ったWEB会議　東京　ホヤ栄一

スペシャル対談・前編

残間里江子×仲畑貴志

山口百恵さんの自叙伝『蒼い時』以降、つねに時代の最先端を走り抜けてきたプロデューサーとミスターコピーライター。旧知のお二人が、日本と日本人の「これまで」と「これから」を、ユーモラスに、エネルギッシュに語り尽くします。本音炸裂、名プロデューサーの川柳観はいかに!?

（ざんま・りえこ）アナウンサーや編集者を経て、1980年山口百恵著『蒼い時』をプロデュース。以降、映像、文化イベント等を多数企画・開催。2009年新しい「日本の大人像」の創造を目指し、会員制ネットワーク「クラブ・ウィルビー」（公式HP＝club-willbe.jp）を設立。

○二度振り返る理由

仲畑　……ダメだよ、載せられない話ばっかり（苦笑）。時間がもったいない。

残間　はい、格調高い毎日新聞ですからね。私も愛読している。

仲畑　（全掲載句を見ながら）どう？　川柳は。

残間　いや〜、面白いけど、私には作れないなぁ。

仲畑　うん。作るのはむずかしい。俳句よりむずかしいよ。

残間　句の面白さの説明とかはできるんだけど。

仲畑　川柳は書かれた「そのもの」だから、むずかしい。

残間　私、前（『平成川柳傑作選』２０１５年刊行）のも拝見したんですけど、前のは若い人が多いわね。……っていうか、投句する人たちって、私たちの世代（第二次世界大戦直後の１９４７〜49年ごろに生まれた団塊の世代）が多いんじゃない？　つまり、私たちもつい最近までは若かったということなのね。

仲畑　たしかに。

残間　以前は世の中のこととか政治的な句が多かったけど、だんだん介護とか、孫とか、身近なネタが多いというか。団塊の世代は「半径5メートルの幸せ」で生きているって批判されていたけど、どんどんそうなるよね。でも、普遍性もあるし、チクッと刺してくるところもあって、爆笑した句がいくつかあった。

【我が下着レンジをふいて務め終え】

仲畑 意味、わかる？

わかるよ。俺が選んでるんだから。

残間 （一同爆笑）

モノを捨てるときって、私は自分や息子の靴とか下着とか身につけていたものは、かならず一晩仏壇の下に紙を敷いて置いて、「ありがとうございました」ってお線香をあげてから捨てることにしてるの。

仲畑 すごいねえ。

残間 まあ、さすがにレンジまでは拭かないけど。名残惜しいし、役に立てて捨てようと思うと、この作者は下着でレンジを拭いてサヨナラしてるんだなと。「ウフッ」って思った。

仲畑 まっとうさせるという意味でね。

残間 今から1、2年前、うちに帰ったら、仏壇の下に汚い靴下とスニーカーがあって。「何だろうこれ？」ってたしかめたら、息子のソックスとスニーカー。他のことはドライなのにいまだにポイッと捨てられないのね。

仲畑 すごくいいね。今の若者としては。

残間 小さいときから「あんたのカラダを守ってくれたんだから、この靴にお礼を言いなさい」と、しつけてたから。もう32歳なんだけどね。昔教えたことが、ま

仲畑　だ吹っ切れていない（苦笑）。10代前半までの刷り込みってすごいんじゃないの？

残間　私、いろいろオドしてたから。「バチが当たるよ」とか。靴下も大事にしないと、神様みたいな仏様みたいなのが降りてきて、悪さをするよと（笑）。

仲畑　神様だらけだ（笑）。

残間　この句も面白い。

【漁師だがネット関係と言っておく】

仲畑　網とネットの言葉遊びなんだけどね。おかしいなあ。こういうのはいろいろあってさ。たとえば、たこ焼き屋を「シーフードショップ」とか。

残間　「お仕事は何を？」「ネット関係」って言う人、今いるのよ。私のまわりでも。ＩＴ弱者なのに。それから、この句。

【ちょっとイヤ背中で聞いた錠の音】

これって、ドアをバタン！　て閉める人のことよね？

仲畑　そうそう。「どうも」って別れて、その家から出て行くときに、早く閉める人いるでしょ。そして、閉め方ね。

残間　私、宅配便の人が荷物を持ってきてくれて、去って行って、いなくなるまで、ずっとドアを閉められないの。「カチャッ」って音がしたらイヤだろうなと。お店から帰るときも店員さんが出てきてお辞儀するでしょ。そういうときは、二度振り返るのよね。二度目はだいたいいない。もうお店の中に入ってる。

仲畑　（一同爆笑）ああ、この人はこういう人なんだなと。でも、二度目もちゃんとそこにいる人もいる。内田裕也さん（ミュージシャン。2019年没）は、ずーっとお辞儀してた。

残間　見えなくなるまで？

仲畑　あの人はそういう流儀。乱暴者だけど、そういうことときちっとしてた。

残間　そういう人は信用できるよね。

仲畑　裕也さんと飲み屋で会っても、いつも俺が先に帰るわけ。で、裕也さんは怒るんだけど、ずーっと店の外で見送ってくれる。ただ、俺が見送るときは「もう（家に）入っちゃうからね」って言うね。

残間　私もね、「見送らなくていいよ」って言うわね。なるべく早く隠れなきゃって思うのが大変で。

仲畑　なかなか出発しない列車と同じ。見送りがいるのに、出そうで出ない。

残間　ずっといられると、壁を探して、壁の裏側から「いない」って確かめて、ホッとしてエレベーターに乗ったり。

仲畑　デリケートなんだね。考えなくても、相手の心に思い至る力があるというか。

残間　さっきまで満面の笑みでお世辞タラタラだったのが、あっという間に消えると、一体何なんだと思うよね（苦笑）。

仲畑　それも「ガチャン！」てドア閉めてね。

○一語一語の大切さ

仲畑　川柳って面白くて、これが発火点になって、結構会話が持つ。

残間　そうよねえ。

仲畑　飲み屋のママなんかにずいぶん（万能川柳の）本をあげた。話題がないときに「この句面白いと思わない？」ってやれば持つよと。

残間　話が広がるもんね。かならずどこかでかすった体験してるし。

仲畑　ただ、こういうものにまったく感応しない人もいる。これだけ人のことが語られていれば、「そうだよね」って共感しそうなもんだけど。まったく感応しない。

残間　そういう人を仲畑さんが分析すると？

仲畑　つまんねえ野郎！

（一同爆笑）

残間　そりゃあ、そうだけど……。

仲畑　人の心に対応できないっていうのはさあ……ダメでしょ。

残間　そういう人も恋愛したりするのかなあ。喜怒哀楽あるのかなあ。

仲畑　金儲けが上手くて高いポジションにいたりする人もいる。金儲けする力と、心の動きを感じる能力とは別だからね。

残間　（30年間の年表を見ながら）賞を受賞した句はシリアスなものが多いのね。

仲畑　ああ、そうかも。

残間　たとえば、

【高齢と嘆くななれぬ人もいる】

これは10年前の句。

こっちは今回の句。

【宝くじ当てて戻るぞ旧姓に】

これ、よくわかる。

（一同爆笑）

そういう女っていっぱいいるの。私のまわりにも。「宝くじが当たったら夫を捨てる」とか。だから、それは「捨てない」ってことと同義語なんだよね。だって当たらないもん。

仲畑　あは！　そうだね(笑)。

残間　もし当たったって、こういう句を作る人は夫を捨てないよね。

仲畑　そうね。でもザックリと、そういう思いだと。

残間　「当てて戻るぞ旧姓に」っていうのが、いいなあ。

仲畑　川柳って十七音でしょ。だから一語一語の役目が大きいわけよ。言葉の使い方によって…、語尾だけでも伝わり方が違ってくる。

残間　「宝くじ当てたら夫を捨てる」でもわかるんだけど「戻るぞ旧姓に」ってあたりが、時代だと思う。今、「選択的夫婦別姓」とかが議論されているでしょ。自分の旧姓に、ちょっとこだわりを持ち始めている人たちが増えているから、なるほどなあ、なのよ。

○介護の思い出

残間　これは仲畑さん、リアルなんじゃない？

【助平がばれやしないかボケた時】

仲畑　（苦笑）

残間　高名だった大学の教授が施設に入ったら、お尻触ったりする話、よく聞くよね。

仲畑　ボケると俺もやるのかなあ。

残間　でも、あれが人間として自然なんじゃないの？　そこに若くてきれいな人がいたら触りたくなる。今までは知性と理性が抑えていたけど、タガが外れて。

仲畑　もう赤ちゃんと同じ。

残間　きれいなものや可愛いものは触りたいと。

仲畑　日本では、高貴というのはほぼないけど、まあそういう女性がボケて、女性器の名称を叫んだりするって聞くもんね。

残間　私、母の介護を15年やったんだけど、最後の2年間は全盲になって。「全盲の人の介護は素人には無理です」って言われて、介護ホームに入れたのね。最期から1年くらい前に、急に母がこれまでの語彙にはない「馬鹿野郎」とか叫び始めて。「どうしたんだろう?」っていろいろ考えたわけ。

母は4歳のときに実の母に、養女に出されたのね。

仲畑　まあ、当時は多かったんだろうね。

残間　良かれと思って養女に出した家が没落しちゃって。で、一度16歳くらいのときに生みの母に会いに行ったら拒まれて。どうも母はそのことを恨んでいたみたいで。「こんな小さい私を捨てて、死ねっていうのかよ!」とか、もう罵詈雑言の嵐。そういう言葉を発したことがない母が、ベッドに座って壁に向かって「馬鹿野郎! こんな年で捨ててどうするんだ!」とか怒鳴って。

「どうしようかなあ、このまま馬鹿野郎で死なれたら困るなあ」と。その時98歳だったのね。

そうしたら、しばらくたったら、誰に対しても「お母さ～ん」って切ない声で言うようになって。「お母さん、お母さ～ん」って。もう目が見えないから、男性のヘルパーの方にも「母から『お母さん』って言われたら『はい』って言ってください」って頼んで。で、このまま「お母さん」で死ぬのかなと思ったら、良くしたもので、最後は「ありがとう」だったわね。何を言っても、誰に対しても「ありがとう」。
絶対に１００を超えるんだって言っていた母が、99歳と９カ月で死んでね。でもギリギリまで、トイレの介助は、女の人にしてほしいと言ってたわね。気配でわかるのね。「男の人はちょっとやめてほしいの」と。目が見えないのに、なんか男女の気配はわかったみたい。

仲畑　一番強い感覚なんだね。

残間　老いても羞恥心ってあるのよね。

仲畑　幼児退行を起こすケースが多いから、子供に一回戻るというのは何となく納得できる。

残間　でも、「お父さん」って切ない声で言った話は聞かないわね。

仲畑　そうね。あれは何だろうね。

残間　「お父さ～ん」って言わないよね（笑）。

仲畑　戦場だって、みんな「お母さん」だもん。ワールドワイドだよ。日本だけじゃない。

残間　特攻隊の手記も全部「お母さん」だもんね。

仲畑　世界中誰でも、性別問わず、「お母さん」。「お母さん」はセクシュアリティじゃないのよ。

残間　昔は父権が強かったから。お父さんは威厳を保たなきゃならないし。お父さんもつらかっただろうね。

仲畑　でも、この句、「ばれやしないか」っていうのは、ボケていないから言えるんで。ボケたら素が出るんですよ。本人はもう全面解放された状態だから。「あ〜、コリャコリャ」だもんね。ま、それでいいんだよね。まわりは大変だけど。

（175ページからの「後編」に続く）

第3章　「あの人」のことを考える。

横向けば別人になる人の顔　　横浜　銀蠅

初対面まず歯を見てる職業病　　和泉　大西沙也加

今どきをくさす昔の今どきが　　神奈川　カンガルー

お、親分御上がカジノやりますぜ　　尾道　山口恭子

体調は悪いがファインとしか言えず　　印西　神田由美

蒲鉾はあの犬《こ》の好物礼云われ　　羽曳野　於かこ

良かったと言われて良かったと思う　　福岡　朝川渡

パトカーよなしてそったらとこにいる？
旭川　妹の武勇伝

悩み事相談されて悩み増え
向日　エビ天

相性も機嫌も癖もある機械
高知　小島雅博

ハンカチで鼻をかむのは平気かい？
福岡　丘血鬼

棚の上自分だらけで崩れそう
西宮　鎌田佳代

通せんぼ「好きだ」のサインだった頃
岡山　三宅章文

竹割ったようで中身のない男
東京　イチロー

生殖が辛い作業だったなら

筑紫野　サージョ

呑む酒と贈る酒との重さの差

相模原　水野タケシ

棺桶に花を入れるな花粉症

北九州　丹富孝

富《ぷ》の方は気にしていない貧富の差

北九州　小倉みどり

お金持ちだけれどどこか貧しそう

藤沢　寅威

すれちがう犬がたがいにふり返る

宇治　ぽこあぽこ

セールスと長話しする定年後

都城　西博隆

食パンは黙ってケンカ聞いている
和歌山　かぎかっこ

二代目へ閉店セール受継がれ
大野　鯨ガアル

羊羹を噛んで歯並び自慢する
河内長野　天野規子

ひしと抱く表情読まれないように
大分　とんち

ハデかしら?「ハデより無茶よ」正直ね
栗東　伊勢田恵子

もう神はいないと思う事増えた
伊丹　しずく

ほっといて一人でいるの好きなんだ
盛岡　粘菌生活者

いつまでも悩んでいない朝ドラは　東京　カリオト

高いものたまに食べると出る湿疹　西東京　Q馬

幸せな人のパワーが辛い日も　香芝　陽気妃

雀さえパン屑やればなつくのに　大阪　昭和っ娘

お袋さんカンガルーならわかるけど　草津　若草ホープ

思い出にヒビが入った同窓会　福津　久保山裕昭

箸を持ち小豆を挟む凄いこと　沼田　伊藤正美

妊娠は電波に乗せて云うことか　草加　山本愛子

鶴折って平和になれば楽だよな　玉野　松本真麻

お隣の預かり物を冷やす夏　長岡　柳村光寛

あの頃を自慢したとて今が今　山口　ヤッサン

懸命に鉢のトマトが実を付ける　日進　再起幸転

まだらぼけ貸した分だけ覚えてる　春日　江口隕石

坊さんもあの世へ行くの嫌らしい　横浜　ピンさん

あの蟬は七日目なのかやけに鳴く　さいたま　素浪人ＫＹ

おらくにと言われる場での緊張度　新潟　あかね

育たない育てていない上司言い　西宮　Ｂ型人間

そうだろう？だろう？と犬がオレに吠え　下関　猫オヤジ

飼い猫に添い寝をされて秋を知る　瀬戸　吉田さをり

その検査必要ですか？とは聞けず　北九州　一枝梨花

Ｎｏ．１ホステス美人と限らない　神戸　六甲のへそ

辞めるなよ辞めたら俺がビリになる　新宮　僕寝てる

作品の発想ばかりホメられる　貝塚　笑智心

イケメンで有能な部下嫌いです　長崎　まいこパパ

初デートクーポン使う彼に冷め　さいたま　ぴっぴ

三代目短い経で得る人気　相模原　キャサリン

長時間煮込めばいいってものじゃない　東京　岩村隆史

入院し「ゆっくりしてく？」と医者が聞き　茅ケ崎　待雪草

浜育ち内緒話も通りまで
北九州　寿松五郎

「痛ければ言って」言ったら「我慢して」
印西　子育ち中

おしまいに気づくボタンの掛け違い
長野　たっつぁん

咲いて散る見られることのない孤高
高槻　岩田規夫

一番の迷惑メール社長から
東京　ひねのり

古里へ一番前の席に乗り
伊勢　奥田是

若い娘《こ》に親切にされなぜ哀し
大阪　あらきみやこ

ハイヒールかかとの高さほどの見栄　静岡　ねこあつめ

作ってた顔がこれかい降りる女《ひと》　大阪　伊藤幸子

バスが来ず身の上話きく羽目に　北九州　みさお

あんた誰言う日来たなら許してネ　東松山　きみちゃん

ご先祖を威張る奴ほど今小者　枚方　我楽多

マナー講師湯呑に紅をのこし行く　東京　野藤哲子

客が来てホントのビール買いに行く　札幌　北のお志ん

嬉しいな見知らぬ児からコンニチハ
伊丹　伊丹原人

電話にて鶴の折り方尋ねられ
東京　白川裕子

ゴミを溜《た》め屋敷と呼ばれるようになり
大津　金田三蔵

うんちくはいいから旨い寿司出して
横浜　山賀明弘

デコポンて名付けた人に二重丸
吹田　とこちゃん

分からないときに彼言う「深ぃすね」
横浜　萬野肉球

因みにを使ってみたい3年生
調布　良っし

ノックせず母が茶を出す初彼女
四條暇　野徒音理

淋しさが夜中のアイス食べさせる
千葉　彼のみどり

あの人が夫だったら今ごろは
姫路　福井恵子

違う名で声かけられて止まる猫
横手　フルナース

金借りる時の感謝は続かない
高知　しばてん

ゆずったらどうもと置いた手の荷物
茨城　柳名人

寂しさが早く大人にした少女
北九州　梓

明日は明日生きてる今でしょ酒を注ぐ　長崎　久保野菜人

足腰に口の元気があったなら　大阪　寅年生まれ

新米の袋を赤子のように抱き　草津　若草七郎

壁打ちのテニスで壁に負かされる　名古屋　伊藤昌之

本人とわかってもらう難しさ　桶川　句意なし

「自信持て」持てば「自惚れてんじゃねえ」　東京　あけみ

修理人来たら症状でぬ家電　東京　えっちゃん

昔から大事な時にいない彼　さいたま　貸話屋

スマホの子ちょっと顔上げ大花火　宇陀　牧野文子

もう彼はいないビルだがやはり見る　福岡　神田橋房子

今までに何回言ったろあと一杯　流山　きばとん

「お気持で」何度も言われ足すお布施　岩手　大ツチノコ

届かぬ足ぶらぶら揺らしオペ待つ子　つくば　みーば

神はなぜ人に指紋のバーコード　舞鶴　百日紅

なんにつけ野党のような部下ひとり
北九州　ピカード

寝たふりをしても猫にはバレている
神戸　あっちゃん

舌出して寝る猫他に居るかニャー
いなべ　縁ちゃん

どの辺のむかしにもどりたいですか
浜松　よんぼ

大福に初めてイチゴ入れた人
神奈川　おでこ猫

桃を切り太郎は切らぬ婆々上手
日田　淡想

銭湯で隠さぬ男納得す
伊丹　晶べい

「それなーに？」言う日も近い黒電話　防府　周防国の民

当人は遠くを探す白い球　札幌　北の夢

出てる糸引いて店員後悔し　川崎　さくら

おばちゃんでおばけ屋敷に手抜きされ　生駒　お夏

頑張れと頑張ってる時言わないで　町田　岡良

サングラス外しピーマンどけて食べ　熊本　坂の上の風

目の前の部下の報告メールで来　千葉　ダルマッチ

学べます大学よりもバイト先　長野　岡田淳

諦めるのを外で待つ試着室　大分　完熟かぼす

時代劇負けてばかりのくさり鎌　宮津　呑大僧正

首相日々糖尿病が心配だ　船橋　よし坊

ＡＩに勝つには電気抜けば良い　厚木　アマの余談

恋人よスマホを置いて顔あげて　小金井　イナンクル

麻生さん家でしっかり寝てください　久留米　動物農場

死にそうとメールしたのに了解と　千葉　姫野泰之

オムツからパンツになってまたオムツ　宮崎　修二ン母

あの客が居るから居てとママが言う　鎌倉　狩野稔

同窓会「変わらないね」が無難かな　箕面　太鼓饅頭

最後まで医者の横顔見て帰る　光　阿狸子

恵方巻きくわえたときにチャイム鳴る　見附　メダカの親

世界地図ひろげて道を聞いてきた　宗像　アタッ苦

性別を先づ間違えた占い師　交野　灰赤紫

電話でねきれいになったと言われても　福岡　唐津の徳久

ＡＩは勝負に勝って喜ぶか　駒ヶ根　内角高目

近頃は涙もろいし歯ももろい　北九州　せとけん

竹の子を掘る頃合いに友が来る　福井　伊和志

ＡＩよ額に汗をかいてみろ　埼玉　ヒロピン

浅草寺拝んでいるのにスリに遭い　久留米　八分咲き

鍋越しに能書き垂れるねぶり箸

北九州　テグ

試食後の立ち去る時に要る演技

兵庫　岩尾直水

AIは記憶に無いと言うだろか

山陽小野田　モー君

ストレスじゃ太りませんと医者が言う

北九州　ふうたん

鬼の子の父の敵は桃太郎

上尾　菅谷貞次郎

孫もいる波平ブラピと同い年

小平　ト音記号

だーれだ人を間違えちと揉める

幸手　クレオン

教え子の古稀の祝に招かれる
志布志　愚凡法明

けんかした友だちの家わすれ物
さいたま　ユウヤス

ミサイルが遅刻の理由になるんやね
山口　濱田孝

飲み放題時間制限なし母乳
室蘭　育休汽車

高画質鼻毛がそよぐ死体役
大崎　野路すみれ

借金を返さぬ奴から賀状来る
新座　迷雨

この間ネコに話しかけられましてん
町田　八月花菜

ゆっくりと聞けば日本語だった歌　宝塚　しゅわっち

ヒトラーも自国第一叫んでた　東京　ほろりん

神様は貧乏人を救わない　富士見　あそ坊

1人降りそして2人が座られた　豊田　武田英雄

ジェンダーに鯉の上下が気に入らず　岡山　船越洋之

愛は勝つ一体何に勝つんだろ　宮崎　佐土原ナス

真向かいでチャリベル鳴らす嫌なヤツ　平塚　櫻井誠子

カーリングせずにもぐもぐだけを真似
門真　小円財夢

無粋やネ大声で言うおもてなし
狛江　モカモカ

そっと舟押し出すように友の通夜
さいたま　なんの菅野

くれた人帰り置き物またどかす
佐伯　イリコ

客よりも先に電話を切る店員
綾部　吉田修二

これ位大きいのよと電話口
大阪　吉田エミ子

病室に宴会禁止と貼り出され
水俣　東宗飲

「早よ食べや」「ゆっくり噛みや」どっちやねん
大阪　えみりん
お嬢さん言う八百屋までナス買いに
横須賀　おたふく
あの地区に原油を埋めた神の罪
高知　夏のどなた
水飲むな言われて野球やらされた
高槻　ザトペック
雨合羽メットを脱いで僧となる
長崎　おっとー
何かある好物の寿司手をつけず
USA　小樽ほたる
物隠す神が近頃住みついた
大分　猫じゃらし

作者死すともアニメは続く　東京　用賀ネーゼ

美しい花を撮るため踏む雑草　東京　木村美智子

大停電平気な顔の犬と猫　網走　蝦夷狸

今風にキセル乗車をどう言えば　宇治　うしょう

ユーモアは自己中からは生まれない　京都　ホノノ

人魚ってなんでブラだけ着けてんの　羽曳野　みつぼん

生きている証拠よ悪口聞こえるもん　スイス　ミナミ

ココだけの話アチラで聞きました　今治　へろりん

鬼は外隣の鬼がうちにくる　柳井　フミチャン

見せるまでドキドキしちゃうサプライズ　大阪　ナナチワワ

ノーベルは何を想うか平和賞　久喜　ごまねこ

スキな色似合う色とは違うのよ　札幌　脱・原発！

留守電に「おでん残せ」と知らん人　福岡　のり子

どうしようウソもホントも傷つける　新発田　ことり

さなきだに言いたいだけのさなきだに
小松島　天王谷一

ルンバちゃんついでに窓も拭いといて
龍ケ崎　おまめ

イライラは自分が作るものらしい
古河　ぺあーの

教え子に呼び止められたまずい場所
北九州　はっちゃん

お墓女子在籍とある石屋さん
多摩　粗井稲

葬儀代知らず笑っている遺影
福岡　名誉教授

柳名を聞かれまじまじ顔見られ
さいたま　千代姫

サザエさん時代劇いう令和の子
大分　亀石千恵

お土産は行って来たぜの自慢かな
大和高田　松村和子

CMにあいつが出てるから買わぬ
調布　せせらぎ

遊んでる時はどっこも痛くない
相模原　けんけん

ボタン付け糸に男もひっかかり
大阪　椿組組長

桃太郎自分さがしに川上る
船橋　漂狐狸

おとなりの防虫効果うちに出る
北九州　苺ジャム

本当に立ち寄られたらどうしよう　東京　宮川令次

乃木とくりゃ希典としか浮かばない　高山　飛騨乃半酔

「釣りいらぬ」「これでは足りぬ」恥をかき　名古屋　加藤茂登馬

取説は失敗のあと読みはじめ　周南　ダンプババ

盗《と》られても盗《と》られても尽くすミツバチ　奈良　三木正義

ゆっくりでいいよと五度も言う上司　海老名　しゃま

誰とでも喋る人にも無視された　府中　ポンちゃん

レジの娘《こ》よそんなに嫌か俺の手が

牛久　ブライアン

「どこがイヤ？ねェどこイヤ？」そこがイヤ

加須　石島とまと

コーラスと誘われ来たが御詠歌か

生駒　鹿せんべ

うちに来るサンタ文具と本が好き

日立　小雪

手を洗う姿祈りのように見え

安曇野　荻笑

万能川柳と日本の30年②

2001年(平成13年)

1月 ウィキペディア(英語版)開設
2月 「えひめ丸」事故、水産高校の生徒ら9人死亡
3月 ユニバーサル・スタジオ・ジャパン開業
4月 小泉純一郎内閣発足
6月 大阪教育大附属池田小事件、児童8人死亡
6月 札幌ドーム開業
9月 アメリカ同時多発テロ事件
9月 国内初の牛海綿状脳症(BSE)確認
10月 野依良治氏にノーベル化学賞
10月 埼玉スタジアム開業
11月 JR東日本の新タイプ乗車券「Suica」登場
12月 皇太子夫妻の長女、愛子内親王誕生

【2001年の万能川柳】
第9回年間賞(投句数、42万句)
大賞
いろいろと使ったなあとわが手視《み》る
大阪市　あらきみやこ

準大賞
しらうおのどこがいのちかすきとおり
相生市　ブー風ウー

特別賞
政治家の記事はカラーでなくていい
ドイツ　池田幸子

特別賞
金にモノ言わせるときにないセンス
東京都　杉山竜

特別賞
ありがとう楽しかったね犬が逝く
奈良市　朱雀門

2002年（平成14年）

1月　三和・東海銀合併でUFJ銀行発足
2月　ソルトレークシティ冬季五輪
5月　日韓共催でサッカーW杯。日本は初の16強
8月　住基ネット稼働
8月　多摩川に現れたアザラシ「タマちゃん」人気者に
9月　小泉首相、北朝鮮訪問。金正日総書記が日本人拉致認める
10月　北朝鮮の拉致被害者5人が帰国
10月　小柴昌俊氏にノーベル物理学賞、田中耕一氏に同化学賞
10月　東京都千代田区、全国初の歩きたばこ禁止条例施行
12月　松井秀喜、大リーグ入り決定

【2002年の万能川柳】

第10回年間賞（投句数、46万句）

大賞
深いのはどっちだろうか愛と憎
相模原市　水野タケシ

準大賞
いつだって今が一番若いのよ
橿原市　嵐ケ原

特別賞
生まれたらそこがアフガンだった子ら
兵庫県　烏龍亭茶々

特別賞
納税のため息でなる温暖化
さいたま市　戸矢当雄

特別賞
遠く見てポッケかいてるカンガルー
北九州市　秀丸

2003年（平成15年）

1月　大相撲・横綱貴乃花が引退、朝青龍が横綱昇進

2月　「千と千尋の神隠し」がアカデミー長編アニメ映画賞受賞

4月　さいたま市が政令指定都市に移行

4月　日本郵政公社発足

4月　イラク・フセイン体制崩壊

4月　六本木ヒルズ開業

5月　小惑星探査機「はやぶさ」打ち上げ（10年6月帰還）
7月　りそな銀に公的資金投入
9月　プロ野球・阪神、18年ぶりリーグ優勝
10月　最後の日本産トキ「キン」が死亡
12月　関東、近畿、中京地区で地上デジタル放送開始

【2003年の万能川柳】

第11回年間賞（投句数、44万5000句）

大賞
見てごらん子らのじょうずな仲直り
福岡市　吉田はる美

準大賞
核兵器使った国はただひとつ
宝塚市　忠公

特別賞
心まで支配できない軍事力
山形県　植木英夫

特別賞
ステテコを下着と思わせぬ威厳
新潟市　あかね

特別賞
1人ではなれないのよね独裁者
神戸市　金川千代

2004年（平成16年）

1月　自衛隊イラクへ。初の戦闘地域への派遣
1月　山口県内で鳥インフルエンザ発生
4月　消費税の内税（総額）表示の義務化
7月　性同一性障害特例法が施行（性別変更が可能に）
8月　アテネ五輪。水泳・北島康介らの活躍でメダル最多37個
10月　新潟県中越地震。死者68人
10月　大リーグ・イチロー、シーズン最多安打記録を84年ぶり更新
11月　運転中の携帯電話使用が罰則対象に
11月　新紙幣発行。一万円・福沢諭吉、五千円・樋口一葉、千円・野口英世
12月　ニンテンドーDS、プレイステーション・ポータブル発売
12月　警察庁、オレオレ詐欺の名称を「振り込め詐欺」に
12月　スマトラ沖大地震。死者・行方不明者約22万人

【2004年の万能川柳】
第12回年間賞（投句数、44万句）

大賞
赤ちゃんに抱かれているのかもしれず
洲本市　にゃんこ

準大賞
当たりますようにとクジを売ってる娘
川越市　コーちゃん

特別賞
プロポーズハイかイエスで答えてね
川口市　かよちゃん

特別賞
女はね児童手当で子を産まぬ
神戸市　丸戸奈々

特別賞
おれだけじゃ出生率も上げられず
仙台市　三浦喜夫

2005年（平成17年）

2月　堀江貴文氏のライブドアがニッポン放送株取得。フジテレビと争奪戦に
3月　愛知県で「愛・地球博」が開幕
4月　アニメ「ドラえもん」、新声優陣バージョンが放送開始
4月　個人情報保護法全面施行
4月　JR福知山線脱線事故、死者107人
5月　プロ野球初のセ・パ交流戦が開幕
8月　つくばエクスプレス開業
9月　衆院選で自民圧勝。郵政民営化めぐり「刺客」作戦
10月　ディープインパクトが三冠馬に
11月　全国のマンション・ホテルで耐

12月　震データ偽造発覚
日本の人口が統計開始以来初の自然減に

【2005年の万能川柳】
第13回年間賞（投句数、44万5000句）
大賞
殺し合わなくともみんな死ぬものを
山田市　オアシス
準大賞
物音のひとつひとつがメッセージ
春日部市　うたたね
特別賞
アーティストいやいやあなた歌うたい
東京都　せんいち
特別賞
まだ何も失敗のない朝が好き
新発田市　いのすけ代
特別賞
金寝かせてるうち自分寝たきりに
川崎市　さくら

2006年（平成18年）

1月　堀江貴文ライブドア社長、証券取引法違反で逮捕

2月　神戸空港開港
2月　トリノ冬季五輪。フィギュア・荒川静香が金。日本初
3月　第1回ワールド・ベースボール・クラシック（WBC）。日本優勝
4月　偽メール事件で民主党党首交代
6月　サッカーW杯ドイツ大会。日本はグループリーグ敗退
8月　ボクシング・亀田興毅、史上3人目の10代での世界王者
9月　秋篠宮夫妻の第3子、悠仁親王誕生
9月　安倍晋三内閣発足
10月　北朝鮮、核実験を強行
10月　携帯電話の番号ポータビリティ制度開始

【2006年の万能川柳】

第14回年間賞（投句数、44万8000句）

大賞
人間の評価ではないお給料
白石市　よねづ徹夜

準大賞
帰ろうとすると話題をさがす母
福岡市　坂梨和江

特別賞
吸わないで人工呼吸なんだから
相模原市　水野タケシ

特別賞
ロボットが見せたら怖いさりげなさ

特別賞
いるのならファスナー上げて背後霊
越谷市　小藤正明
京都市　東原佐津子

2007年（平成19年）

1月　防衛庁が省に昇格
1月　東国原英夫（そのまんま東）氏が宮崎県知事に
1月　不二家で消費期限切れ牛乳使用発覚など食品偽装相次ぐ
2月　年金記録の大規模な不備が発覚
2月　第1回東京マラソン開催
3月　能登半島地震、死者1人
4月　43年ぶりの全国学力調査実施
5月　赤ちゃんポストの運用が始まる
5月　プロゴルフ・石川遼（15歳）が優勝、国内史上最年少
7月　新潟県中越沖地震、死者15人
9月　安倍首相辞任、福田康夫内閣発足

【2007年の万能川柳】

第15回年間賞（投句数、46万句）

大賞
明日よりも天気気になる100年後
大阪市　寅年生まれ

準大賞
悪いことしたこと有る？と子に

聞かれ　　東京都　とみえ波浪

特別賞
母さんとむちゃくちゃな歌うた
う午後　　神戸市　吹子兵衛

特別賞
フロで歌窓の外から拍手くる　　佐伯市　イリコ

特別賞
受粉させちょっとスイカにウイ
ンクし　　相生市　樽坊

2008年（平成20年）

1月　橋下徹氏が大阪府知事に
1月　中国製冷凍ギョーザ中毒事件
4月　後期高齢者医療制度スタート
6月　秋葉原無差別殺傷事件、7人死亡、10人負傷
6月　iPhone発売
7月　北海道・洞爺湖サミット開催
8月　北京五輪。開幕日にロシアがグルジア軍事介入
9月　福田首相辞任、麻生太郎内閣発足
9月　リーマン・ブラザーズ経営破綻。サブプライム危機広がる
10月　小林誠、益川敏英、南部陽一郎3氏にノーベル物理学賞、下村脩氏に化学賞

11月　米大統領選でオバマ氏が勝利

【2008年の万能川柳】

第16回年間賞（投句数、48万4000句）

大賞

危ないは地球ではなく人類だ

東京都　寿々姫

準大賞

生き生きと漁を手伝う不登校

北九州市　小田八千代

特別賞

別腹はあるが自腹はない彼女

柏原市　柏原のミミ

特別賞

川魚食べると変な夢を見る

射水市　江守正

特別賞

大丈夫ガッカリするの慣れてるわ

鶴岡市　本間成美

2009年（平成21年）

2月　「おくりびと」が米アカデミー賞外国語映画賞

3月　第2回ワールド・ベースボールクラシック（WBC）。日本連覇

4月　北朝鮮が「弾道ミサイル」発射、日本上空を通過

5月　新型インフルエンザ、初の国内

5月　感染確認
6月　裁判員制度がスタート
　　歌手のマイケル・ジャクソンさん急死
7月　臓器移植法改正、15歳未満の提供可能に
8月　民主党が衆院選圧勝
9月　鳩山由紀夫内閣発足。社民党、国民新党と連立
10月　オバマ米大統領にノーベル平和賞

【2009年の万能川柳】

第17回年間賞（投句数、50万句）

大賞
何もない山頂にある達成感　久喜市　宮本佳則

準大賞
被害者と加害者の親天仰ぐ　笠間市　寒風わたる

特別賞
国からの通知にろくなものはない　宝塚市　澤井隆泣

特別賞
ゴミなのか資源なのかな資源ゴミ　岡山市　巴里雀

特別賞
ひさびさに妻と抱き合う震度6　富士宮市　怪物王子

2010年（平成22年）

1月　日本年金機構が発足
1月　日本航空、会社更生法の適用を申請
2月　バンクーバー冬季五輪。フィギュア・浅田真央が銀
2月　大相撲・横綱朝青龍、暴行事件で引退
6月　サッカーW杯南ア大会。日本は16強
6月　小惑星探査機「はやぶさ」が地球に帰還
8月　広島・原爆の日の式典に米国代表が初参加
9月　村木厚子・元厚労省局長に無罪判決。証拠改竄で大阪地検検事逮捕
9月　尖閣沖・中国漁船衝突事件で日中関係緊迫
10月　羽田空港新国際線旅客ターミナルが開業
10月　鈴木章氏、根岸英一氏にノーベル化学賞

【2010年の万能川柳】

第18回年間賞（投句数、52万句）

大賞
人類のあとにも残る虫の声
神戸市　安川修司

準大賞
金ないが君を笑わすことできる
津市　浮世亭旬生

特別賞
したいだけしてもいいのよ良いことは
水戸市　冨田英一

特別賞
無の境地楽しいことはあるのかな
八尾市　立地骨炎

特別賞
趣味の会とは言うけれど趣味は酒
佐倉市　繁本千秋

第4章　「彼ら」のことを考える。

歯が二本爺と孫は同じ食
久喜　花キャベツ

別腹がいつの間にやら二段腹
我孫子　手賀美

戦争は得する者が企てる
相模原　亀蟲

そのうちにキラキラネームの大臣も
福岡　クラクララ

人により程度が違うほどほどさ
飯能　ブレスリー

準備してあるから3分クッキング
東京　寿々姫

信無くも金有り候補打って出る
五泉　イケ麺

オープンカーええなの顔で見てあげる　宝塚　円卓

虎の威を借りて負ければ猫被り　広島　銭形閉痔

玄関で親のしつけがよく分かる　朝来　水谷良

芸人の結婚報道テレビ消し　幸手　百爺

偽善者が顔だす朝のニュースショー　上尾　UFO親父

絆だと言った奴等が先に逃げ　宮若　宮若ロン

朝ドラに出てくる人だというくくり　高知　日月

オシャレとは限らぬ服の多い人
東京　宮田誠志

あの医者は医科歯科大の経済か
宮崎　鳥原真樹夫

想像にお任せするという肯定
柏　長谷川正利

不自然な体勢なのに子は出来る
日南　飫肥泰平男

オレ流はオレ流のヤツ許さない
諫早　シオマネキ

意味不明一般女性どんな人
兵庫　春花

寝てないと言わんばかりにヤジとばし
藤沢　タイラじじ

一戸建て余りて増えるホームレス　長岡　必殺貧乏人

大臣を真似てヤジとぶ生徒会　大阪　小山照子

語るほどシェフのこだわり味に出ず　東京　焦点外

社長には運も必要だと思う　神戸　安川修司

有識者政府の意向汲める人　大村　川端柳

納得のいくまで化粧して遅刻　横浜　脳天気

海外の話に弾む輪から抜け　八王子　佐々木冬彦

ハゲなのになぜひげこんな伸びるのか　福岡　りょっこ

演説が上手いは結局褒めてない　下関　猫オババ

戦争は行かない人がやりたがる　川崎　はるえ小町

死ぬときはみんなおひとり様だろう　富田林　児玉暢夫

二年生まだ一年のしっぽつけ　宇佐　ワン子

美人ではないと女優は個性派に　小田原　ようつう

平和ボケこれって理想じゃありません？　沼津　まさみ

ひげ剃り後今日も化粧の乗りが良い
奈良　鈴木重雄

元気だけあるのが一番やっかいだ
茅ヶ崎　苦労徒

スポーツマンシップは金に超弱い
川崎　さくらの妻

政治家の息子にいるか自衛官
千葉　石川明男

久しぶり今度会おうは会う気なし
清須　道に立つ子

ヨチヨチがスタスタになりヨタヨタに
牛久　椎名七石

有識と言われて集う傲慢さ
京都　やまぴん

何のためスッピン公開芸能人
四国中央　安部の小春

いるのかね金に潔いプロ選手
下関　南雲斎

バツイチと凹むなれぬ人もいる
神戸　西郷隆雄

答弁は原稿読むがヤジ自作
倉敷　焼酎亭二八

シンクロ女子そっくり顔になる不思議
福岡　やまちゃん

老人に知恵があるとは限らない
久喜　たのなか

民謡「はっ」合いの手似てるラテンの「ウッ」
大阪　江口の君

延長で勝つと負けるの疲れの差　池田　池田のヨン

CMで何故この人を使うのか　東近江　よへえさん

大臣って誰でもできるような気が　大阪　ださい治

ウォーキング会う人達にあだなつけ　福岡　言う子

街の声放送順に意図感じ　東京　ウリ坊

下手な人話す英語は良く分かり　さいたま　高綱美子

近頃のお年寄りはと思うとき　奈良　サクラモチ

クラス会病気の次は墓のこと　摂津　元池面

手遅れもゆっくり浸かる美人の湯　佐倉　繁本千秋

返金をご希望ですが未納です　熊本　はる

みやげ屋が実家みたいな添乗員　富士　富士のマク

セメントだバキュームだという歯医者さん　甲賀　三輪幸子

うつになり人生の味深くなる　神戸　藤田恵里

マニキュアが家事は苦手と言っている　京都　京の柳

同窓会俺に知らせずやっていた　北九州　貨車男

質問に何で原稿読むんだろう　川崎　双頭の馬鹿

コンパニオンよりはヘルパー欲しい会　長野　欣雀

村人も今では家に鍵をかけ　津山　大西雅風

化粧にもどうやら流派あるような　新座　不和雷三

食べるのがやっとと言っても太ってる　さぬき　大高正和

悲しさは聖子カットにある白髪　明石　矛盾犬

もう英語話せるだけの人要らぬ　大阪　陸馬場班

あーんして箸持つ私もあーんして　豊中　さとちゃん

整形で話し方まで変わったね　郡山　馬場圭子

十七も七十才も一度だけ　平塚　桐生泰宏

政治家はアチャーな人が多いのか　大崎　高橋ももこ

人間て壊れ物だと思う時　東京　ショウ雅

登りつめたのに視点の低い人　行田　ひろちゃん

品性や人柄も出る咳・くしゃみ
西宮　おーい銅将

走る会歩く会経て語る会
鴻巣　雷作

子の声を騒音という時代きた
下関　3児の母

有識者議員の中に居ないのか
諫早　薫っ亭糸藻

新入社員もうできているプチ派閥
町田　茄子の花

同じこと言って名言メダリスト
北九州　遊新

疑わず迎えを待っている園児
静岡　石垣いちご

聴く方もボランティアだな発表会　佐伯　安堵の日

漫才師人気が出ればバラ売りし　東京　カモセイロ

すごくない？人は神から悪魔まで　柏　その蜩

タレントの息子はバンドよく作る　東京　新・若旦那

収集家ほんの一部と言って見せ　中間　西幸子

女子陸上夏のビーチと見まちがう　常陸太田　秋山芳弘

また来ま〜すまた来るやつはまあいない　船橋　安本旦矢

90にならんと分からんこともある

大分　荒馬走魁

動物を聞き手にしてる飼育員

千歳　ヨーキー

テレビではメダリストだけ帰国する

岡山　山根愛二郎

玄関を狭くしていくお花好き

ふじみ野　箸やすめ

出身校だけで人柄わがんねな

福島　野地タカ子

手の波でふらつき隠すフラダンス

大津　石倉よしを

タレントさんスゴイと言うのスゴイ数

三原　山中君代

新郎と新婦のキスが長すぎる　藤沢　波まくら

朗読に野次をとばせばはい歳費　和歌山　かものあし

要するに歯と髪の毛で若く見え　八尾　野島萌果

赤ちゃんも時々強くガン飛ばす　札幌　佐藤庸子

口開けて目は閉じているすごい顔　河内長野　谷千夏

嘲われて勘違いするヘボ芸人　木更津　半可句才

七五三歯ぬけかくしてすまし顔　北九州　ミズエイコ

移民拒否そうだそうだとインディアン　北九州　空寛

声量はあるが音程外れてる　伊東　大野セブン

アルバイト性格のでる袋づめ　さいたま　小高善郎

レポーター無銭飲食止めなさい　氷見　痛風プリン

お笑いを審査する人硬《こわ》い顔　坂戸　菜花葉田

未亡人こんなに楽でゴメンナサイ　大阪　こはる

安ギャラのコメンテーターほどしゃべる　吹田　鎌田淳

すし屋さんパスタはじめて有名に
東京　いしまこと

クラス会女房自慢嫌われる
東村山　早とちり

「どうせ」より「まだ」が勝って化粧する
島根　仁多由企夫

七人の敵も味方も介護所へ
白岡　樋川忠男

町議会もみじだらけの駐車場
北海道　まんげ鏡

ガン生還話題独占同期会
さいたま　藤不二

蕪村にも選者を恨む俳句あり
湖西　宮司孝男

官僚の「お答えします」していない　島田　東海島田宿

しまいにはケンカになった譲り合い　日南　たかの紀凜

学歴と人格別と知る政治　松原　ネコパンチ

失言でやっと大臣名が売れる　東京　百遍捨一句

原発は安いと云ったヤツを出せ　富士見　河野観二

キラ名に判断困る占い師　横浜　しのちゃん

朝食はちゃんと食べたかシリアの子　交野　大沼章

金美貌あって品格ない女優　宮崎　藤田悦子

どちらかに味方してみる離婚劇　静岡　オキザリス

上品に語り笑わせられないか　東京　新橋裏通り

サーファーは北斎の波潜り抜け　青森　すのべえ

芸人の雑談ばかり見せられる　大分　千代のすけ

隣から枯葉貰うが柿来ない　横浜　一歩二歩

親友に詐欺師いるとは知らなんだ　京都　丹波山猿

弱虫は強がりよりも生き延びる　福岡　ちわわ

同じ人同じ話のクラス会　北九州　エミリー

「そんなやつおらへんやろ」がおりました　福知山　丹後の拙句

流行を着ても中身はモロ昭和　福津　恋の浦

しっかりと避難訓練メイクして　大阪　カンクー

ハマるほどこうべをたれるスマホかな　西宮　ノムリエ

舞台裏思えば哀し北の美女　尾道　円どら

試着だけ店でしネットで買うあの娘《こ》　津　ココ西山

片方の手袋渡しペアルック　東京　青いバラ

「何様のつもりだ君は？」「お互い様」　伊達　佐々木晴彦

蟻や蚊に悩みがないと言い切れぬ　下関　赤馬福助

役職名長いがさほどない権限　西宮　銀河内

加害者の出世を待って訴える　京都　みぞれ

ＣＭに出てアスリート弱くなり　秋田　北風くん

「神さまはいない」と言った病いの児　飯能　藤代陽子

2日目は話すことない4人掛け　鹿児島　田中健一郎

薄幸の演歌を唄い御殿建て　北九州　さとう英基

芸でなく芸の浅さが笑わせる　神戸　徳留節

ヨイショがねイタタにかわる八十代　堺　堺のテツ

豪雨やみ危険なくなり来る視察　別府　タッポンZ

威張ること男らしさと大違い　岡山　上田勝彦

駆けるだけでなぜか楽しい園児たち　松江　子やぎ6号

次のワル現れ喜ぶ前のワル　佐世保　香林亮積

結局は得か損かで動いてる　名古屋　安倍乃損得

まず否定数日たって謝罪する　宇都宮　水島敏雄

ただそこに生まれただけで憎み合い　八尾　立地Z骨炎

現地レポスタジオがすぐ口挟む　飯塚　長柄征治

現代人停電三日で音を上げる　豊中　みっちゃん

またぞろに禊すんだと顔を出し　枚方　山口嫌人会

七十才雇用だなんて古来稀　堺　せっつん

近頃は漫才しない漫才師　宗像　水芭蕉

被災地の二十歳は式で暴れない　京都　東原佐津子

棺桶の立派さ知らぬ中の人　横浜　ジラム

今度こそ仲良くやれという祝辞　千葉　中川宗太

「わたしって」始まる話つまらない　熱海　アグリ

宝くじ売るオバちゃんの運もある
西東京　矢ケ崎耕一

違うだろお詫びしたいはしますだろ
松戸　てふてふ

早くから色々背負うランドセル
枚方　未熟爺

金かけて痩せたい人がいる平和
北九州　おきゃん

いつまでも長生きしてねの無責任
岡山　やちもない

ぜいたくの極み国会での昼寝
和歌山　破夢劣徒

綺麗でも幸せだとは限らない
さいたま　模名理座

おしゃれして集まったのに墓地話
東京　麻子

真後ろにロゴない会見謝罪時
福岡　川口美智子

バスに乗りリハビリ行ってチャリをこぐ
名古屋　山ちゃん

男って仕方ないわじゃ済まされぬ
東京　加木九毛子

指示された「へえ！」がうるさいバラエティ
名古屋　あおぞら

本当のことは言えないグルメリポ
白岡　福沢繁

部下連れたオヤジ車内でよくしゃべり
周南　夏休み

始発駅みんな角取るオセロだね

奈良　あまちゃん

万物の霊長だけがする虐待

千葉　さと志

ロボ作るロボ作るロボ作る人

稲城　キウイ3

予報士の結婚指輪気になって

東京　深川ちよこ

お詫びせずお詫びしたいで終わる人

高知　聡駄朗

大正に生じ令和に死す運命《サダメ》

横浜　志下乱

謝罪時は三十数えて頭上げ

東京　ごとひ

核持って絶滅危惧種仲間入り　神戸　中林照明

政治家に病名付ける名医です　佐賀　丸山ョ

ギャラ貰い御馳走食べればおいしいよ　神奈川　姥桜

唾飛ばしコメンテーターうさん臭　福岡　ちん

社長出演《でる》CMわたしゃ買わないよ　川西　8メモリー

作戦か奇声あげつつ打つテニス　和歌山　上野和子

10才で将棋やる子と銃持つ子　豊中　栗田道代

エベレスト命とゴミは持ち帰れ　船橋　ムウ里純

猿一匹逃げて識者等コメントし　吹田　のんさん

元と前ついたあなたに今がない　横浜　おっぺす

経験上美人は席をゆずらない　東京　三次

ラッシュ時はバンザイをして乗る男　愛知　恵利菊江

ママチャリにガタガタ歩道をあおられる　西東京　ポスト一途

リーダーを見てその国の民度知る　橿原　かんちゃん

何揉めたハザード点いたラブホ前　入間　元々帳じり

七十代介護するほうされるほう　熊本　坪井川

年だから言うたび一つ年を取り　東京　田中眞紀子

辞任した大臣だけで組閣でき　東京　憂政商

芸人も専門外のコロナ論　さいたま　明ちゃん

○サックス男

残間　男の人が、妻を書く句が冴えてるよね。よく観察してる。
仲畑　妻ネタ、多いよね。
残間　なんでなんだろう。
仲畑　面白いじゃない。
残間　たとえば、

【聞く耳を持たぬ女房の地獄耳】

（一同爆笑）

これすごい！　わかるよねぇ。

みんな聞こえてるんだけど、夫が言うべきことを言っても何も聞いてないと。そのくせ聞いてほしくないことはちゃんと聞いてる。

この句も面白い。

【棺桶に花を入れるな花粉症】

（一同爆笑）

仲畑　まあ、ギャグだよね。
残間　筑紫さん（ニュースキャスターの故・筑紫哲也さん。2008年没）の奥さんが、お棺にタバコを入れるか入れないか迷って、やっぱり入れなかったって。筑紫さん、ヘビースモーカーだったでしょ。

仲畑　筑紫さんは肺気腫？

残間　肺がん。最期に近い頃はあんなにタバコを吸わなきゃよかった、というようなことをチラッと言っていたみたい。

仲畑　やっぱり苦しいのかねえ。

残間　ものすごく苦しいみたい。

仲畑　俺は肺気腫になって、やめてるようなふりをして、ちょっと吸ったり。

残間　次の句、

【ハデかしら？「ハデより無茶よ」正直ね】

女友達を見ていると、若い頃に褒められたファッションを今も引きずってる人がいる。

仲畑　それは面白いね。

残間　私たちが若かった頃はミニとかマキシとか、いろんなファッションが流行って。男は最後はジーパンにTシャツとロン毛に行きつくんだけど。今でも、帽子の後ろから、ほとんどない髪の毛を縛って出しているお爺さんに近いオジさんがいるでしょ。あれ、絶対に団塊の世代。

仲畑　（笑）

残間　5年くらい前かな、50万円以上するギターがどんどん売れてるという話があって。私も銀座の楽器屋で定点観測をしていたのね。そしたら、髪の毛がなくなりかけてるから短くて細いチョンマゲ男が来てね、高い楽器を買っていったのを何度か目撃したわよ。

仲畑　そうだね。

残間　昔はお金がなくて買えなかったからね。だから、こんな句も納得。

【聴く方もボランティアだな発表会】

ギターに乗り遅れたわが世代の男たちはリタイア後に何をするかというと、サックスを習い始めるわけ。テナーサックス、ソプラノサックス、アルトサックス……一番多いのがテナーサックスかな。

仲畑　面白いねえ。

残間　習い事の中でも楽器演奏ってカッコいいじゃない？　ピアノもいいけど管楽器って男っぽくて。でも、肺活量がもうないからトランペットは音が出ない。でもサックスだったら、音が出る。だからサックス男が多くてね。30万円くらいはするから、ちょっと見栄も張れるでしょ。

仲畑　はいはい。

残間　40代くらいの独身の女性奏者に個人レッスンをしてもらってね。出版社にいた人とか放送局にいた人とかに多いわよ。「あー、若い頃ギターに乗り遅れたヤツらだな」って眺めてるんだけど。

仲畑　おかしい。

残間　で、私たち友達に「今度コンサ

ートやるから来て!」って声がかかるの。お金がないわけじゃないから、ホテルの小さなバンケットルームを借りて、そこで発表会をやるのね。1年目はまあ、いいんだけどね。

仲畑　聴かされるんだ。

残間　だけど、2年たっても、ちっともレパートリーが増えないのよね。

(一同爆笑)

一人なんか、軽井沢に音響設備を備えた教会みたいな小ホールを造って。その人は、レッスンもわりとちゃんとやっているんだけど、時々近所の人を集めてコンサートをやっているみたいよ。

仲畑　わかるな。すごくわかる。サックスはリードがあるからまだ音が出る。トランペットはなかなか出ないの。

残間　トランペットは年を取ってから急にやっても無理よね。

仲畑　俺も30代くらいかな、サックスを持ったことがあって。山下洋輔さん(ジャズピアニスト)が「フリージャズだ! 音が出りゃあいいんだ!」ってことで四谷の「ホワイト」という飲み屋で「ブーブー」吹いてた。面白かったよ。

残間　でも、70歳になった途端、やめる人が多いね。発表会にも人が来なくなる。友達もボランティア精神がなくなる。家族も「ちょっと予定が」。さすがの私も行かなくなったもん。3年目で。

仲畑　今はもうやめたみたい。僕の友人にもいます。

○美人もつらいよ

残間　リタイア後は文化的なことや社会的なことをやりたいのよ。NPO(非営利で社会貢献活動や慈善活動を行う市民団体)とかも。面白いのは、出世して、長く会社に残った人ほど、人生の第2章のデビューが遅れるのね。部長ぐらいでやめた人の方が習い事デビューも地域デビューもうまくいくみたい。

仲畑　あー、そうだね。料理にいくヤツもいるしね。蕎麦をやたら食わすヤツもでてくるしね。

残間　料理はね、あれは妻が脅すのよ。私の女友達は「定年になって料理学校に行かなかったら、捨てるからね」って言って、夫を行かせたわよ。

仲畑　えらいこっちゃ(苦笑)。(2ショット撮影中)俺、笑え笑えって言われるの。怒ったような顔していつも写っていると。

残間　でも、なんか、いいわよ。その怒ったような顔。なんとなく、書家みたいで。

仲畑　俺、むちゃくちゃ字が汚いのよ(苦笑)。

残間　ほんと～⁉

仲畑　ガキの頃、きちっと習わなかったから。

残間　味のある字じゃなかったっけ？

仲畑　頭の悪そうな字。

残間　「ハデかしら？　『ハデより無茶よ』　正直ね」の句に戻ると、この世代って実年齢の七掛けっていうのね。だいたい15歳くらい実年齢より若いと思い込んでるんだって。それに驚いてたら、アメリカの統計があって、アメリカ人は平均すると実際の年より40歳は若いと思ってるんだって。

（一同爆笑）

仲畑　鏡見たらすぐわかるのにね。

残間　同窓会に行くと、旧友に会った瞬間は、「あ、すごく年を取った」って思うんだけど、1、2秒で同化するよね。おたがいに同じように老けているから。

仲畑　まあ、しょうがないねえ。

残間　本音は「わ〜（変わったな）」なんだけど「変わらないねえ」って。

仲畑　そうそう、結局はね（笑）。小学校のとき飛びぬけてきれいな子がいてさあ。同窓会の連絡があると男はみんな「彼女、来る？」。で、来るってなると、参加者がワッと増える。

残間　今もきれいなの？

仲畑　7年くらい前に同窓会があって。そりゃあ、寄る年波だよ。だけど、きれいだった気配は残ってる。

残間　そうか。昔に変換されるのね（笑）。

仲畑　そうそう。今でもきれいだな、って思うんだけどね。地域でも有名な美人だったたから。でも、一生独身だった。

残間　ふ〜ん。

仲畑　そのコと付き合っているっていう大学生をど突きに行ったことあるもん。

残間　（一同爆笑）

仲畑　独身なんだ。

残間　本人も美人なことを知っているから、それを維持するのが大変。あれは結構精神的につらいだろうなあ。

残間　きれいだった女の人って結構不幸なんだよね。ね？

仲畑　きれいだから幸せになれるわけじゃない。

残間　すごく早いうちに馬鹿な男にダマされて一緒になって、グチャグチャにされるか、あとはずっと自分の美しさにとらわれちゃって、動くに動けないか。順調に老けていってるんだけどね

仲畑　（笑）。

残間　一生装うってつらいよ。やっぱり、アホになれる方がラクよね。私、矢崎泰久さん（元『話の特集』編集長）にしみじみ顔を見て言われたの。「君は適度なブスだから良かったね」って。適度なブスは仕事を長く続けられるよって言われた。そのときは「ありがとうございます」って軽く答えたんだけど。でも、今思うときれいだった女のコっていっぱいいたんだけど、消えたよね。みんな。

仲畑　だいたい年上の男にパクッていかれちゃう。

残間　若くして富を得たような男が、若くてきれいな女と付き合いたくて近づいてくる。でも、若く

てきれいな女もだんだん年を取っていくから、また次の若くてきれいな女にチェンジされちゃう。

仲畑　交代しちゃうからね。

残間　20代、30代の頃にみんなの間で話題になっていたきれいなコって、どこにいったんだろう。今の若い女の子たちに言うの。「あなたたちね、容姿を気にして、二重（まぶた）にしたりいろいろしてるけど、美しさはすぐになくなるよ」って。それより、実力を身につけなさいと。

仲畑　その通りだね。

○下着は大事

残間　私も女友達から「これ、私にハデかしら？」って聞かれるんだけど「ハデじゃなくて似合ってないよ」って言う。

仲畑　そうだよね。根っからね。

残間　仲間同士は「その洋服おかしい」とかなかなか言わないんだよね。私けっこう言うのよ。熱海に小さなマンションがあって、高校時代からの女友達がよく集まるんだけど、時々下着の講義をするの。その下着はないだろうとか。いくらなんでも、それから、安いクリームでいいから、もう少し顔をマッサージしなさいとか。女友達8人組なんだけど、マッサージのDVDを観せて、私が号令をかけてみんなにやらせたりね。下着は気をつけないと、温泉なんかに行くと脱衣所で女はパッと、そこにいる全員の下着を見るのよ。

仲畑　値踏みしちゃう。

残間　でも本当は、さっきの句にあった、レンジを拭く前くらいの、捨てるギリギリぐらいが肌に心地いいんだけどね(笑)。

仲畑　Tシャツもそうね。

残間　だけどね、私の友達がくも膜下出血で倒れて救急搬送されたとき、救急車の中で下着は脱がすんじゃなくて、切るのよ。一刻を争うからね。彼女が一命をとりとめて、ＩＣＵ(集中治療室)から戻って来たとき、私、付き添っていたから、ビニール袋に入った切り刻んだ下着を手渡されたの。で、無事に退院して来た日に、「これ預かっておいたわよ」って見せたら、「よかった〜、私その日だけ、新しい下着をつけていたのよ」って。

仲畑　あっははは。

残間　今、トリアージ(災害時など傷病者が多数発生したときに患者に優先順位をつけること)される時代でしょ。古い下着を見た瞬間「この婆さんはいいや、後回しで」ってなるよって。だから外出するときには下着だけはきれいなのにしようねと、言い合っているの。

仲畑　すごいね。それ。

残間　髪の毛とかも、昔、吉永小百合さんがやって似合っていた、横の毛を後ろに持っていって真ん中で束ねたヘアスタイルがあるんだけど、今もその髪型にして、留め金で留めたりしてるのよね。何で今、古稀のあんたがやるのと。

（一同爆笑）

「だって昔、似合うって言われた」って。50年以上前に似合ってたって今は似合わないんだよ！

この句もいいよね。

【客が来てホントのビール買いに行く】

それからこれ。

【意味不明一般女性どんな人】

芸能人が一般女性と結婚したっていう言い方をよく耳にするけど、あれは「そっとしておいてね」という意味なんでしょうけど、じゃあ「特別女性」って何なのよって。

あと、これ。

【ハゲなのになぜひげこんな伸びるのか】

本当にそうなの？

仲畑　まあ、そのまんまですよ。

残間　ほんとに？　人によるんじゃないの？

仲畑　俺に聞くなよ。

残間　これも笑った。

【あの医者は医科歯科大の経済か】

仲畑　（一同爆笑）
この歯医者さん、お金ばっかり取るのね。高額なインプラントを勧めたりして。
シニカルだけどね。いいよね。

残間　【手の波でふらつき隠すフラダンス】

仲畑　もいいなあ。
いいでしょ。俺もその句好き。

残間　それから、これ。

【クラス会女房自慢嫌われる】

男のカン違い。女房と円満だって言えば、女たちが自分に好感を持つだろうと、男は思ってるわけ。でも、女は他の家の夫婦がうまくいってる話なんか一つも聞きたくないのよ！

（一同爆笑）

うまく行ってない話なら聞きたいけどね。「いや〜、この間も家内とデートしちゃって」なんて始まると、こんなつまんない男と話すのはやめようって。

ほんと、川柳を読んでると溜飲が下がる。

仲畑　それぞれ関心領域が違うからね。どんな人もハマる句があると思うね。

○未来へのメッセージ

残間　コロナ禍の今は世の中に無常感というか無力感が漂っているわよね。いかんともしがたい、誰の手にも負えないコロナウイルスに襲われて。

仲畑　俺たちがガキの頃は、人類には未来がずっとあると思ってたでしょ。でも、今の子供たちは果てがあると認識しだしてるよね。果てがあることを認識した人類というのは、これまでと相当違うと思うね。

残間　私たちは今日より明日、だったもんね。明日は今日より少しは良くなると。でも今は、絶対にそんなこと思ってないよね。子供たち。

私、街中の知らない家の赤ちゃんにも、謝りながら歩いてるの。「ごめんね、こんな世の中にしちゃって」って。

仲畑　そうだねえ。

残間　あなたたち、ほんとに大変だけど、がんばって生きていってねと。友達に孫が生まれて、100日目のお食い初めに呼ばれて行ったんだけど、その子に「ごめんね、こんな大人たちばっかりで。しっかり生きていくのよ」。女の子だと「ちゃんと仕事するのよ。男なんか頼っちゃダメ。男は裏切るけど、仕事は裏切らないからね」って。3カ月くらいの赤ちゃんに言って聞かせるの。だって、どんどんひどい世の中になってきてる気がするんだもん。

仲畑　ほんとだね。ひどいね。こんな予定じゃなかったね。

残間　私たちもこんな世の中にした一因なんだから。ひどいひどいなんて言えた義理じゃないんだけどね。

第5章　さまざまな「何か」を考える。

民主主義結局数と金なのか　守谷　和音

Jリーグ1・5倍速で観る　伊勢　仲林一夜

竹ぼうき見ると怯える野良の過去　奈良　朱雀門

ゆるキャラを皆喜ぶという誤解　幸手　まりちゃん

なんでだろ支援国からバカにされ　下関　福弘

健康も平和もその時気付かない　刈谷　心幸終今日

地下水が皆オイルでも難儀やで　川西　チョロリン

ツーオンと言うけどここはパースリー　甲斐　甲斐三十郎

黄から赤5台通過のいなか道　四街道　トミンキー

タダじゃないサービスランチと言うけれど　茨木　痔郎

胸襟を開いてなんかもセクハラか　堺　カタブツ

なんでだろう寿命伸びても人口減　堺　おっちゃん

嫌なニュース嫌なニュースで忘れ去り　滋賀　砂塩酢醤噌

雀たち電線におり充電中　八幡　言葉裕之介

勝ちゃーいいそんな選挙と大相撲
札幌　ささきとも

歴史って結局戦争史じゃないか
西尾　端行男

コンセントオスメス言うのいやらしい
東京　吉岡草魚

人だけじゃないよ入の字もささえ合う
志摩　浜口八朗

アンポンタンなんだかフランス語の響き
北九州　ショパン魂

世界中遺産だらけになっちゃうよ
北九州　森友紀夫

保育所を騒音源と言う社会
柏　森井和彦

いなかだが原発ゼロの岩手県　盛岡　ケイ・アイ

戦争は正義勝つとは限らない　城陽　真喜楼

平和ってそんなに武器がいるものか　尼崎　ひとり言

誕生日ライター贈ったあの頃は　米原　丸ちゃん

テレビ欄！の数が１００あった　調布　みつ豆

定刻にバス来てみんな大慌て　松江　小村和也

右手だけ買い替え欲しい作業手袋　光　老梅小町

好評で閉店セール3年目
佐世保　火縄銃

月までは新幹線で50日
蕨　ジャッキー

戦争を始めなければ敗けもない
川崎　神武夫

早割で八月に買うランドセル
海老名　茄子美

親不知よく見てみると7番歯《ななばんし》
大阪　藤本七海

知っている味に例える知らぬ味
韓国　日語教師

切ないがすべて有限だからいい
福岡　猫懐

約束の後でといつかは無いと知り
久喜　ポレポレ

宝くじ貧乏くじと裏表
池田　奥園敏昭

それでもさいい国だよな日本て
富津　七右衛門

盗んでも罪にならない味と技
平塚　花水山草会

距離感が大事なゴルフ小便器
東京　岸快晴

びっくりと日本語で言えサプライズ
天草　イタイケ

ごみの山みんなお金で買った物
浦安　老婆の休日

核に有り平和の方に無いボタン　前橋　安田隆夫

しょうゆさえあれば何でも日本食　オランダ　腹ペコ少女

ヒト以外喧嘩はみんな素手でやる　川越　麦そよぐ

バレぬよう空の金庫に鍵を掛け　武蔵野　竹とんぼ

統計の平均所得高すぎる　静岡　山葵田

カメムシにないのだろうか嗅覚は　鶴岡　走健美者

「大人の」をつけて高めに売ってみる　奈良　葉逸

ヘッド切り三番アイアン杖になり
山口　ギョロ目

冬眠の熊が夢見る鮭弁当
滝川　西岡知泰

ビー玉に緊張しているフローリング
御殿場　太鯤

「赤ちゃんがのっています」に追い越され
八戸　ガンツ

国中で一日何本傘なくす
堺　成山きよし

十万のミシンで縫った雑巾よ
千葉　今充電中

市中引き回しの代わりワイドショー
東京　妙ちゃん

この店の汁であそこのソバがいい　宇都宮　松本重雄

被災地じゃ放置国家と呼んでいる　釜石　ドド子

民営のくせに割り引きないハガキ　湯沢　馬鹿駄物

メーカーのためにあるのね保証期間　桶川　田介

エアコンが無ければ死ぬる国となり　堺　きりぎりす

家半分住めるわけではない半壊　徳島　仲真平

猫バスが今通ったね風が舞う　伊勢　海老ちゃん

目薬が生ぬるくなる暑さかな　延岡　ロコちゃん

生存率天気みたいに言わないで　春日部　猫文庫

大国はなぜかおっとりしていない　横浜　高田弄花

ズッキーニ作曲しそうな名前です　加古川　白石みどり

格闘技らしくなったね大相撲　さいたま　高本光政

期限付き紙幣にしたらどうだろう　東松山　ふじ

もう故障修理出したら電池逆　秩父　久保忠太郎

こんなのでいい音出るね真空管　福岡　忘コリタ

このサプリ止めて効果を確かめる　横手　れいなたん

マイナンバー抽選会はいつあるの　熊本　百薬の熊

初日の出天動説のほうが好き　北九州　ボンくら

カラフルになったまわしとランドセル　津　紅金魚

日本にはふろしきというエコバッグ　秦野　宙ちゃん

義理果たす長い映画のエンドロール　奈良　いきとぼけ

本屋行く紙の臭いと手触りと
会津若松　やぶ石屋

イノシシに注意は何をすればいいい
木津川　月日立ノミ

住みづらいだろうと思う五重の塔
東近江　佐太坊

発酵と腐敗の違い述べてみよ
堺　くるみ餅

栄養の話もころころ変りゆき
大阪　葉ボタン

週刊誌読者は不倫好きと読み
岩国　西行くへ

廃炉した跡地にカジノ作ろうよ
山形　植木英夫

さも似たり近所づきあい国と国
茨木　前田公子

家中に注意の貼紙ふえていき
高槻　尚子

お酒って足らぬか過ぎるかどっちかね
松戸　原田もこ

似て非なる殿堂入りとお蔵入り
多治見　和宇茶中

3ミリの虫にティッシュを5枚とり
福岡　共ちゃん

秘め事と言うにはあまり猫の春
宇都宮　親マンブ

世も末はあの世とやらにもあるのかな
横浜　暗黒物質

テレビからうまいと何度聞いただろ
甲州　杜子郎

原子力良かった点を述べなさい
奈良　一本杉

ニトリにはお値段どおりたまにある
前橋　べリー

悲しみにもしもニオイがあったなら
鹿児島　写悪

聞いてから旨いと思うブランド牛
鎌倉　みつる

教育にヨロシクナイな国会は
大阪　根競～べ

徒歩五分赤ちょうちんを無視すれば
川西　那須三千雄

大新聞戦争協力またやるの　千葉　元軍国少年

二十一世紀《この》夢の時代のはずだった　下関　彦島人

校歌ではそびえているが低い山　宝塚　没句斎

カロリーは低いが値段高いのよ　戸田　小松多代

止まる前タクシーメータよく上がる　平塚　湘南テル

クール便今日も止まらず通り過ぎ　千葉　二八組

蝸牛夏は葉陰の知恵を持ち　横浜　青葉太郎

水を買ういつの間にやら当たり前
松原　お亀

コンセントあれば便利な墓掃除
青森　よしのまち

飛行機もスイカで乗れる日が来るさ
泉南　ぴっくん

陽を浴びて弱る木もある世の中にゃ
糸島　摘んでご卵

日本語の「りっぱな犯罪」どう訳す
春日井　斎藤清美

田んぼ見て風の形を感じる日
春日部　匠大平

驚愕はＡＩよりもさし木の根
名張　武道いろ

廃線が豪華列車を見つめてる
行田　こねこ

八万キロ走った車がリコールだ
千葉　田んぼの蛍

ワイドショウ戦争不倫同レベル
横浜　西条嘉国

町おこし衆知を集め似てしまう
倉敷　中路修平

この世でもあの世でもない夢の中
佐世保　河内浩成

陰口をオープンにするワイドショー
羽村　紗月めぃ

混雑で揉み合いなんて困るなあ
東近江　別人28号

ペコちゃんとポコちゃんノリは下ネタやん
愛知　藁稲木

エベレスト芸人登る山となり
糸魚川　山藤障子

日が沈み森はいっそう森になる
仙台　山上秋恵

どう見てもパンダの中には人がいる
東京　栗の実

賢人会自ら名のる恥ずかしさ
神戸　丸戸奈々

あの暑さ耐えた褒美かこの寒さ
四国中央　美酒乱々

捨て猫は親猫捨てた訳じゃない
福岡　ナベトモ

ポイントが貯まるのお金使うから　神戸　中林真弓

増毛のＣＭまさか逆回し　糸島　一度祝鯛

核捨てよ僕らも捨てるとなぜ言わぬ　東京　のんのん

伊勢エビの隣で上がり気味ごまめ　下関　秀丸

列島を空母と思うアメリカ軍　西宮　何亭事夫

戦争はたくさん殺すほうが勝ち　浦安　さやえんど

すごい差だ唯一神と八百万《やおよろず》　尼崎　砂田真綸香

再放送脇脇役に大物が
防府　ちくわ豆腐

立て札が読めず近より危険です
東京　原田阿津子

ゆれる世を浮世と最初に詠んだ人
北九州　すいりゅう

今これを書いてる時はもう来ない
長崎　めがねばし

大相撲皆勤賞を提案す
西宮　リンボー

富士山をみつけてとまる橋の上
川越　ふみじ

過去なんだ「2001年宇宙の旅」
国分寺　玉川くらげ

人によりかなり違うよもったいない　大阪　重枝活与

モノ言わぬ民が独裁支えてる　矢板　次男坊

見て貰うために㊙の判を押す　甲州　龍頭蛇足

貸し出されてるとは知らぬパンダ達　神戸　金川千代

通販のためにあるのかＢＳは　牛久　了完

開戦が即終戦に核戦争　白石　よねづ徹夜

花のない時期でもこの木桜です　田川　五ん同歩

ヘリコプターちょっと不吉な予感する　大阪　富田千恵子

魔物・神・怪物までいる甲子園　大津　琵琶娘

斜めよこたて切り葱の味違う　調布　陸遊子

大盛りを後悔させる味に遭う　大阪　捕手ゴロ

オスメスで殖えてくれたらいいお金　久喜　宮本佳則

「諸説あり」クレーム封じテレビ局　桜井　お調子者

中華風だから中華じゃありません　八女　鉄爺

料亭で拍手何かが決まった日
本庄　こだま岳人

「猛《もう》」と「極《ごく》」夏と冬だけ現れる
柏原　ミストラル

桃を持つ手の平自然と柔らかに
東京　真実

ご自由にお書き下さい狭い欄
成田　離らっくす

宝石が当たり加工の金とられ
いすみ　かぶと虫

いいことも芋づる式に出て欲しい
大阪　毬栗

人類がいなきゃダイヤもただの石
東京　恋し川

年金も外国人に頼るのか　　岡山　ぷうたろう

ポイントが貯まってデータ取られてる　　成田　やすべえ

なんとなくイジメの根っこニュースに見　　京都　夢見夢子

町内の年金通りと言われてる　　大東　シーマ

読めなくて苗字だけ呼ぶ成人式　　東京　多摩り婆あ

全治とはカサブタ取れるまでなのか　　習志野　チャモネン

怖い歌詞死んでも君を離さない　　大川　破壊馬

軽だけどスピードメーター一五〇　北九州　克ちゃん

養殖のマグロが逃げて天然に　大阪　旧世守

グーグルにパンツ干されてもう五年　大村　イチゴ大福

そんなこと書いてあるのかＤＮＡ　愛知　オニヤンマ

ＣＭに広がる縁のない世界　松山　本の虫

朝ドラは土曜になれば解決す　酒田　幸福川

寒いねと言える幸せだけど猫　横須賀　だ・ピンチ

個人では戦争したい人いない　岩手　認知性

部屋なんか汚れていても春は来る　東京　熊

良かったらOKグーグル金貸して　高島　若水

生産性無い犬猫に癒やされる　紀の川　パン太ヌキ

伝統も第一回があってこそ　北九州　世界的終焉

旧携帯捨てたが字引に使えたよ　高石　りっちゃん

人もだが神も仲良くして欲しい　亀岡　のびた

愛とカネややこしいのはどっちだろ　富田林　山本孝行

面積が著名度示す訃報記事　松江　安部要介

夢を売る商売言うが夢は金　大分　田中勇司

犬の芸何故チンチンと言うのだろ　東京　ポッポ

選挙終えまた森閑と過疎進み　江別　中川寛太郎

ホゾを噛む出来るのかいなそんなこと　香取　補巻上

目を閉じて触れば豆腐でも怖い　米子　浮々

損得で物事決まる民主主義
箕面　もみじ橋

ロケットは不法投棄と違うのか
秩父　有朋

行進のように走れば無い渋滞
下関　つば九郎

広い土地持ってる方が侵略し
大分　咳サバ

トラックも前にトラックいるのイヤ
豊中　ＭＯＮママ

戦後ならサプリメントは肝油だけ
北九州　不動身

地震来たその時だけはＮＨＫ
神奈川　ふわり雲

捨て猫を囲んで子らが話し合い　五條　ノウセイ

停電で停電情報見られない　成田　ま〜いける

全員が願う平和がなぜ来ない　相生　ブー風ウー

五月から半年間を夏と呼ぶ　西条　ヒロユキン

恐ろしいネーミングです軍手って　神戸　浦田耕治

背を向けりゃ世界で一番遠い国　香芝　申生

貿易が摩擦で済んでいた昔　宇治　浅井智成

詐欺罪は成り立たんのか育毛剤　宝塚　忠公

ウイルスで世界はひとつ思い知る　府中　火星人

コロナの字いくつあるかと見る朝刊　新発田　白うさぎ

コロナでも田植えはするし茶摘みする　伊勢　オカリナ

世界史のコロナ以前という時代　新潟　空夢

万能川柳と日本の30年③

2011年(平成23年)

1月　「タイガーマスク運動」全国に広がる
1月　中東・北アフリカの民主化運動「アラブの春」広がる
2月　大相撲八百長メール事件発覚。春場所は中止、夏場所は技量審査場所に変更
3月　東日本大震災発生。死者、行方不明者約2万人
3月　福島第一原発で炉心溶融、水素爆発。20キロ圏内立ち入り禁止に
3月　首都圏は「計画停電」で混乱。食物の「放射能汚染」も問題に
5月　米国がウサマ・ビンラディン容疑者の殺害を発表
6月　小笠原諸島が世界自然遺産、平泉が世界文化遺産登録
7月　サッカー女子W杯。「なでしこジャパン」初の世界一
7月　地上デジタル放送に完全移行
12月　金正日北朝鮮総書記が死去。後継に三男・正恩氏

【2011年の万能川柳】
第19回年間賞(投句数、54万句)

大分県　田中勇司

2012年（平成24年）

3月　国内初の格安航空ピーチ・アビエーション就航
5月　全原発が停止
5月　東京スカイツリー開業
7月　九州北部豪雨。死者30人、行方不明者2人
7月　ロンドン五輪。日本のメダルは史上最多の38個
8月　李明博韓国大統領が竹島に上陸
9月　尖閣諸島国有化
10月　山中伸弥氏にノーベル生理学・医学賞
11月　女子レスリング・吉田沙保里に国民栄誉賞

大賞
高齢と嘆くななれぬ人もいる
山口県　優モア

準大賞
神さまは争えなんて言うかしら
東京都　ショウ雅

特別賞
接待は貧しい方がカネ払い
愛知県　舞蹴釈尊

特別賞
少しずつ貯めたら少しだけ貯まる
神奈川県　カトンボ

特別賞
銭になる順に科学は進歩する

12月　中央自動車道笹子トンネルで天井板崩落。死者9人

【2012年の万能川柳】

第20回年間賞（投句数、56万4000句）

大賞

神様は不公平だな孫が逝く
宇都宮市　雀のトトロ

準大賞

離乳食疑いのない口を開け
北九州市　お鶴

特別賞

おばちゃんはお相撲さん？と姪が訊く
さいたま市　ぴっぴ

特別賞

絶妙のヤジに球審背がふるえ
大分市　春野小川

特別賞

酒代をとやかく言うな化粧代
長崎市　深海魚

2013年（平成25年）

2月　元横綱・大鵬（故人）に国民栄誉賞

3月　習近平氏、中国国家主席に

5月　長嶋茂雄、松井秀喜両氏に国民栄誉賞

6月　富士山、世界文化遺産に登録

7月　参院選で自民が圧勝、ねじれ解消
8月　高知県四万十市で41・0度。国内観測史上最高
9月　2020年東京五輪が決定
10月　伊勢神宮が20年に一度の遷宮
11月　プロ野球・楽天、初の日本一
12月　秘密保護法成立。強行採決で

【2013年の万能川柳】

第21回年間賞（投句数、58万8000句）

大賞
戦争にならないように投票す
東京都　かもめ

準大賞
どっちかが先に死ぬんだちと寂し
各務原市　小西克明

特別賞
彼女でき落ち着きなくす俺とカネ
池田市　奥園敏昭

特別賞
死んだ気でやれば死ぬかも知れぬ齢
東京都　恋し川

特別賞
解約の電話はいつも話し中
秦野市　てっちゃん

2014年（平成26年）

1月 「STAP細胞」発表。疑義が呈され同年12月には否定の結論
2月 ソチ五輪。フィギュア・羽生結弦が金。日本男子初
2月 仮想通貨「ビットコイン」取引所破綻
3月 「笑っていいとも！」32年の歴史に幕
4月 消費税8％に引き上げ
6月 富岡製糸場、世界文化遺産登録
8月 広島豪雨。死者77人
9月 御嶽山噴火、死者58人
10月 赤崎勇、天野浩、中村修二の3氏にノーベル物理学賞
11月 俳優の高倉健さん死去。83歳

【2014年の万能川柳】

第22回年間賞（投句数、58万2000句）

大賞

初詣去年と同じ願いごと

横浜市　銀蝿

準大賞

「あぁこれでよかったのだ」と逝けたらな

東京都　楠正鋭

特別賞

捜してた自分が分かりがっかりし

前橋市　安田隆夫

特別賞
よろけてる夫婦《ふたり》は昔のろけてた
池田市　池田のヨン

特別賞
ラフプレー親善試合なのになぁ
八尾市　立地Z骨炎

2015年（平成27年）

1月　大相撲・白鵬優勝。史上最多33度目
1月　イスラム国が後藤健二さん殺害動画を公開
3月　北陸新幹線運行開始。東京―金沢間が2時間半
4月　米キューバ首脳が会談。59年ぶり
5月　大阪都構想、住民投票で否決。橋下徹氏政界引退
7月　ピース又吉直樹氏「火花」が芥川賞。お笑い芸人初
9月　東京五輪エンブレムを白紙撤回
9月　安全保障関連法成立。集団的自衛権行使可能に
9月　ラグビーW杯で日本が南アを破る。歴史的快挙
10月　マイナンバー制度スタート
10月　大村智氏にノーベル生理学・医学賞、梶田隆章氏に同物理学賞

【2015年の万能川柳】
第23回年間賞（投句数、57万6000句）

大賞
良いことも不幸もなくて除夜の鐘
西宮市　寺田稔

準大賞
いろんな子いますいろんな親だから
行田市　ひろちゃん

特別賞
野暮用で出かけてくるという五歳
東京都　ホヤ栄一

特別賞
背もたれが有ると思って飲んでいた
熊本市　からむかり

特別賞
雑談で金を取られる英会話
名古屋市　伊藤昌之

2016年（平成28年）

4月　熊本地震。震度7が2回
5月　オバマ米大統領が広島訪問
6月　18歳選挙権施行
6月　大リーグ・イチロー、歴代最多の4257安打。日米通算
6月　英国民投票、EU離脱支持が勝利
7月　相模原の障害者施設に刃物男。19人死亡
7月　小池百合子氏が東京都知事に
8月　天皇陛下が生前退位のご意向表明

8月　南米初リオ五輪開催。日本のメダルは史上最多の41個
10月　大隅良典氏にノーベル生理学・医学賞
11月　米大統領選でトランプ氏勝利
12月　ＳＭＡＰ解散

【２０１６年の万能川柳】

第24回年間賞（投句数、58万句）

大賞
十七も七十才も一度だけ
平塚市　桐生泰宏

準大賞
ヒト以外喧嘩はみんな素手でやる

特別賞
ビー玉に緊張しているフローリング
川越市　麦そよぐ

特別賞
妻小言増えた対面型キッチン
御殿場市　太鯤

特別賞
手の波でふらつき隠すフラダンス
北九州市　はな

大津市　石倉よしを

2017年（平成29年）

1月　大相撲・稀勢の里が横綱昇進。日本出身は19年ぶり
2月　北朝鮮・金正恩氏の異母兄・正男氏が殺害される
2月　「森友疑惑」浮上。5月には「加計疑惑」も
5月　韓国大統領に文在寅氏
6月　将棋・藤井聡太四段が29連勝。新記録
9月　秋篠宮家・眞子さまの婚約内定
9月　陸上・桐生祥秀が100メートルで9秒98。日本勢初の9秒台
9月　小池百合子氏、希望の党結成
10月　民進党分裂。「立憲民主党」結成
11月　大相撲・日馬富士、暴行問題で引退

【2017年の万能川柳】
第25回年間賞（投句数、59万2000句）

大賞
書き初めに勇ましい字が出ぬように
高槻市　かうぞう

準大賞
二十一《この》世紀夢の時代のはずだった
下関市　彦島人

特別賞
カロリーは低いが値段高いのよ
戸田市　小松多代

特別賞
コンセントあれば便利な墓掃除
青森市　よしのまち

特別賞
町おこし衆知を集め似てしまう
倉敷市　中路修平

2018年（平成30年）

2月　将棋・羽生善治氏、囲碁・井山裕太氏に国民栄誉賞
2月　平昌冬季五輪。フィギュア・羽生結弦が連覇
4月　金正恩氏、初訪韓
6月　史上初の米朝首脳会談
6月　大阪北部地震。7月西日本豪雨、9月北海道胆振東部地震など災害相次ぐ
7月　オウム真理教の松本死刑囚らに死刑執行
9月　全米テニス、大坂なおみが優勝。日本選手初の4大大会制覇
9月　歌手の安室奈美恵氏引退
10月　本庶佑氏にノーベル生理学・医学賞
10月　築地市場83年の歴史に幕。豊洲市場開場
11月　大リーグ・大谷翔平、米でも二刀流で新人王獲得
11月　日産カルロス・ゴーン会長逮捕

【2018年の万能川柳】
第26回年間賞（投句数、57万6000句）

大賞
党名のような政治をしてほしい
大阪市　佐伯弘史

準大賞
オムツ替え私のオムツ替えた人
柏原市　柏原のミミ

特別賞
美人の湯やめて長寿の湯へ通ふ
津市　ちょちょ

特別賞
「オーイオチャ」妻の返事は「モッテキテー」
筑紫野市　万葉歌人

特別賞
年収は有馬記念の結果待ち
福岡市　小把瑠都

2019年（平成31・令和元年）

3月　大リーグ・イチロー外野手現役引退、45歳。日米通算4367安打
5月　新天皇即位。令和時代幕開け
6月　香港で民主化デモが激化
6月　米トランプ大統領、現職初の北朝鮮入り
7月　ジャニー喜多川さん死去。87歳
8月　韓国が日韓軍事情報協定破棄を決定（11月に破棄通知の効力停止）
9月　ラグビーW杯日本大会開幕。日本が初の8強入り
10月　消費税率10％に引き上げ

10月　ノーベル化学賞に吉野彰氏。リチウムイオン電池開発
10月　台風19号関東直撃。71河川140カ所で堤防決壊
11月　安倍晋三首相の通算在任期間が憲政史上最長に
12月　日本の年間出生数が過去最少の87万人割れに

【2019年の万能川柳】
第27回年間賞（投句数、56万6000句）

大賞
核持って絶滅危惧種仲間入り
神戸市　中林照明

準大賞
戦争は起こるんじゃなく起こされる
桜川市　今賀俊

特別賞
見せるまでドキドキしちゃうサプライズ
大阪市　ナナチワワ

特別賞
葬儀代知らず笑っている遺影
福岡県　名誉教授

特別賞
歳とると五十歩百歩は大きな差
府中市　火星人

「コロナ禍で鬱々としていた時に、今回の川柳を読んだらスッキリしました。みんな大変なのに、シャレのめして、笑いのめして、前に進む姿に勇気づけられました」（残間）

2020年（令和2年）

1月　新型コロナ国内で初の感染確認
2月　アカデミー賞作品賞などに「パラサイト 半地下の家族」（4冠）。韓国映画初
2月　全小中高に休校要請。首相、新型コロナで
3月　東京五輪1年延期決定
3月　志村けんさん新型コロナで死去、70歳
4月　新型コロナ緊急事態宣言を全国に発令
6月　香港で国家安全法施行。一国二制度形骸化
9月　菅義偉内閣発足。「最長」安倍政権に幕
11月　米大統領選でバイデン氏勝利。トランプ劇場に幕
12月　流行語大賞「3密」に決定
12月　イギリスで新型コロナワクチン接種始まる

【2020年の万能川柳】

第28回年間賞（投句数、62万5000句）

大賞

考えが違うからって敵じゃない

安曇野市　荻笑

準大賞

反対の時には黙る悪いクセ

和光市　ｓｏｊｉ

特別賞
貧困さんいらっしゃいなら出れるのに
海老名市　しゃま

特別賞
遠慮する人では勝てぬアスリート
東京都　新橋裏通り

特別賞
富士山はどこから見ても表富士
武蔵野市　竹とんぼ

＊本書は、「毎日新聞」の朝刊連載「仲畑流万能川柳」２０１５年１月１日から２０２０年12月31日まで掲載された句から、再度仲畑氏が句を選び、まとめたものです。

＊用字用語かなづかいは、特に誤りでないかぎりにおいて作者の表記に忠実に掲載いたしました。

＊作者については、投句時の居住地（東京23区と郡は都道府県名、それ以外は市）と名前（もしくはペンネーム）を記しました。

装幀　副田高行・綿田美涼
編集協力　水野タケシ・原沢政恵

日本《にっぽん》のつぶやき　万能川柳《ばんのうせんりゅう》　秀句《しゅうく》一〇〇〇《せん》

印刷　２０２１年12月15日
発行　２０２１年12月25日

編者　仲《なか》畑《はた》貴《たか》志《し》
発行人　小島明日奈
発行所　毎日新聞出版
〒１０２-００７４
東京都千代田区九段南１-６-17千代田会館５F
印刷　精文堂
製本　大口製本

※落丁・乱丁本は小社でお取替えいたします
営業本部０３（６２６５）６９４１
図書第一編集部０３（６２６５）６７４５

ISBN 978-4-620-32717-4